SASUKE
RETSU
DEN

NARUTO
ナルト

サスケ烈伝

うちはの末裔と天球の星屑

岸本斉史
MASASHI KISHIMOTO

江坂 純
JUN ESAKA

目次

contents

SASUKE RETSUDEN

Mr.& Ms. Uchiha and the starry heavens

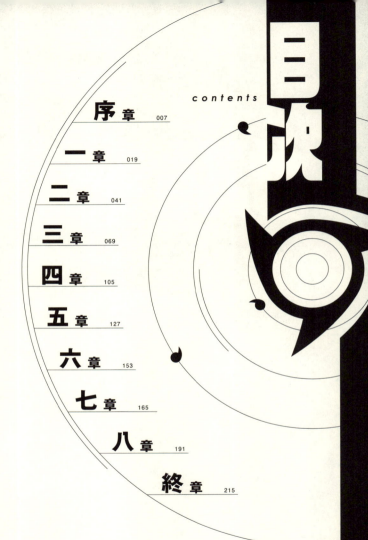

人物紹介

character

うちはサスケ

血継限界である写輪眼の持ち主。元第七班でサクラの夫。

うちはサクラ

医療忍術の使い手。
元第七班でサスケの妻。

ザンスール

天文学研究所の所長。
烈陀国《レダクこく》の宰相から重要任務を受けているようだが…

瑪瑙《めのう》

天文学研究所を監視する巨大なトカゲ姿の牢番。

ジジ

天文学研究所で労働に従事する、サスケと同房の囚人。

序章 *prologue*

眠れない。

男は、痩《や》せた身体《からだ》を冷えたシーツに押しつけた。室内にいるはずが吐く息は白く、綿もろくに入っていない掛布団《かけぶとん》をいくら身体に巻きつけたところで、胴がガたがた震えるのは止められない。

汗と垢《あか》の染みついた煎餅《せんべい》布団を寝床にして、そろそろ半月になるだろうか。寝るたび身体中にアザが増えていくので、ちっとも休んだ気にならない。せめて隙間《すきま》風の来ない場所で眠れたら、少しはマシだろうに。

うらめしい気持ちで重たいまぶたを持ち上げ、男は暗い部屋に目を凝《こ》らした。

六畳ほどの狭い部屋に、雑魚《ざこ》寝する大人《おとな》が四人。年次がモノを言うこの場所で、新入りの自分に一番寒い場所があてがわれるのは当然で、異議など唱《とな》えられるはずがない。

寝返りを打ったら床が硬くて、うめき声が漏れた。

「チクショウ……なんでオレが、こんな目に……」

ほんの半月前まで、男は烈陀《レダク》国の首都にある刑務所にいた。自由はなくとも、最低限の暮らしは保証されていて、ここよりよほど安全で快適だった。刑期を終えたらまた適当な罪を犯して出戻ろうかと思っていたくらいだ。

ところが、ある日突然移送が決まった。寒冷地での土木作業に従事させられる、とだけ聞かされた。肉体労働なので、若くて健康な囚人にしかやらせられないと。

はたして連れてこられたのは、荒涼とした山脈の峰《みね》に建つ、石造りの天体観測施設だった。

タタル天文学研究所。

六道仙人《りくどうせんにん》と同時代を生きたと伝承の残る天文学者、ジャンマール＝タタルに由来する由《ゆい》緒《しょ》正しい研究施設――らしいが、そんなことはどうでもいい。問題なのは、研究所のある場所が、春先でも平気で氷点下になるほど極寒であること。そして、支給される食事も服も部屋も、どう考えても家畜の方がマシという環境下で、朝から晩までロクに休みもなくひたすらに冷たい土を掘らされていることだった。

「なんで……オレが、こんなことに……」

かたかた震える奥歯を噛《か》みしめ、布団の端をぎゅっと握った。連日の作業ですっかり皮の剝《む》けた手のひらに、土で汚れた爪が食い込む。

男の罪状は、強盗殺人だった。三年前の冬の日、食うものに困ってたまたま目についた家に押し入り、金目のものをありったけ盗んだ。家にいた若い夫婦と二人の子供を縄で縛《しば》ったまま放置して逃げたら、二日間誰にも気づかれず全員凍死したそうだ。それで四人も殺したことになるんだから、たまったもんじゃない。こっちに殺意がなかったんだから、あれは事故だ。大体、食うものがなくて他人の家から盗んだんだから、正当防衛みたいなもんじゃねえか。

なんでオレがこんな目に遭《あ》わなきゃなんねえんだよ。

不満が、水のように胸にしみていく。もう限界だ。

男は、天井の柾目《まさめ》を見つめながら決意した。

——夜が明けたら、脱獄しよう。

囚人たちの生活は、銅鑼《どら》の音で管理されている。

起床時間を告《つ》げる鈍《にぶ》い音がゴンゴン鳴《な》り響《ひび》くと、疲れきった囚人たちはゾンビのように起き上がり始める。寝過ごせば、彼らを見張る巡邏《じゅんら》たちに容赦《ようしゃ》なく警棒を食らわされるから、みな時間には正確だ。大きな目ヤニを唾《つば》でぬぐったり、湿疹だらけの腕をぼりぼりかいたりしながら、あくびまじりに部屋を出ていく。

食事は日に二度。野菜と麦をぐちゃぐちゃと炒《いた》めたような、豚《ぶた》も食うか怪《あや》しい献立《こんだて》ばかりだ。

食堂から伸びる列に並び、男は深呼吸をひとつして、ギラつく気持ちを抑《おさ》えた。眠気の残る身体の重たさとは裏腹に、神経は冴《さ》え返って興奮している。横入りしてきた男に足を踏まれても、後ろの男が耳のすぐ近くで痰《たん》を吐いても、今朝《けさ》は気にならなかった。

今日《きょう》、ここを出ていく。脱獄する。

朝食の配膳を受け取って、男は囚人たちでごったがえした部屋の中を見渡した。どうせ脱走するのなら、誘ってみたいやつがいる。

食堂とは名ばかりの粗末な部屋には、がたつく卓子《テーブル》と丸太をぶつ切りにしただけの椅子《いす》が並ぶ。

お目当てのやつは、窓際《まどぎわ》の、いつもの席に座っていた。

収容者番号四八七番。サスケ。

珍しいのは名前よりもその容姿だ。混じりけのない、黒ひといろの髪と瞳。顔立ちは彫《ほり》深《ぶか》で線が細く、鼻筋《はなすじ》の美しさの目立つ横顔といい、完璧《かんぺき》に整《ととの》った目鼻立ちがよくわかる正面顔といい、どの角度を切り取っても実に絵になった。間近で見ていると、本当に自分と同じ生き物なのかと疑わしくなるほどだ。

それほどの容姿を持って生まれながら無口で愛想がなく、いつも猫のようにそっけなくしているのもまた、周囲の気を引いた。

それでいて、誰も手を出せないほど強いのだから厄介《やっかい》だ。

サスケがここへ来た初日、物珍しい新入りに早速《さっそく》ちょっかいをかけに行った古参連中は、一秒後には全員関節を外《はず》されて地べたに這《は》いつくばっていた。激痛に泣く男たちを見下ろし、サスケの口から発された警告は実にシンプルだ。いわく――「オレの邪魔をするな」、と。

ほとんどの囚人にとって、サスケは近寄りがたい存在だ。男にとってももちろんそうだったはずが、今日で脱走すると腹をくくったら自然と声をかけることができたのだから不思議だ。

男は、サスケの正面に腰を下ろして口を開いた。

「あ、あのぉ」

想像の中の自分の声はもっと力強く、闘志に燃えていたのに、いざ実際に声を出したらおどおどと弱気に響いた。

「え、えと、あなたも……し、忍《しのび》ですよね」

サスケは、窓の外に投げていた視線を、男へと向けた。

「何の用だ」

黒い瞳に見すくめられ、身体の奥がきゅうっと震える。

「ぼ、僕、いや、おっ、オレもなんです。風《かぜ》の国出身で……アカデミーを卒業できなくて親に見放されて……こんな国まで流れついたけど、今でもチャクラを練《ね》るくらいはできる。ホラ……」

箸《はし》の先をチャクラコントロールで指の先に吸いつけ、ゆらゆらと揺らしてみせる。

どうだと果敢《かかん》にサスケを見やれば、黒い瞳はすでに男から興味を失って窓の外を眺《なが》めていた。

無視か。

舌打ちをこらえて、男はサスケをじろりとにらんだ。……こんな僻地《へきち》の国に収監されているくらいなのだから、自分だってたいした忍じゃないくせに。

サスケは、しきりに窓の外を眺めながら、きれいな箸使いで、ひしゃげた鉄皿に一緒くたに盛られた筍《たけのこ》やらわらびやらを、器用に三角食べしている。不愛想な男だが、ちょっとした動作のひとつひとつに、おそらく本人にとっては無意識の育ちの良さが滲《にじ》んでいた。

人間の屑《くず》がそろったような囚人たちの中にあって、サスケの存在は、誰の目にも明らかに異質だ。

「ぼ、僕と組みまへんかっ」

サスケの食事が終わるのを待って、男は切り出した。緊張していたので、噛《か》んでしまった。

「どういう意味だ？」

「脱走ですよ。こっ、ここから逃げるんです……あなたも、チャ、チャクラコントロールくらい、できるでしょう？　あの、ぼ、僕たちなら……塀《へい》を登って、逃げられるし」

天文学研究所は、石を積《つ》み重《かさ》ねた塀に、四方をぐるりと囲《かこ》まれている。

高さは約十メートル。下から見上げればデカく見えるが、チャクラを使えば登れない高さではない。

「僕は、も、もう限界なんです。あ、あなたも、でしょ？」

サスケは無表情に、男の顔を見た。

「お前にオレの何がわかる？」

「わかりますよ……普通の人間じゃないってことくらい」

やっと、つっかえずに最後まで話せた。

サスケのような男が、一体どうして、何をやらかしてこんな場所にいるのか、男には見当もつかない。それでも、彼が、こんな所でつまらない労働に駆り出される毎日に満足しているとは思えなかった。

「一緒に、逃げましょうよ。こ、このあと、みんな、午前の作業に、向かうでしょ……そのドサクサで、塀を越えるんです」

「やめておけ。塀の外に出たところで荒れ地が続くばかりだ。一番近い集落まで歩いて二日もかかる。行き倒れるのがオチだろう」

「さ、山菜だって、木の実だって、いくらでも採《と》れますよ。ここにいるより、は、遥かに立派なものが食べられるし……それに、ほら、霧も出てる。瑪瑙《めのう》の目をあざむくには、今日しか」

「警告はしたぞ」

サスケは短く言って窓の外を一瞥《いちべつ》すると、空《あ》いた皿を持って立ち上がった。狭い通路で立ち話をしていた囚人たちが、サスケの姿を見るなり慌《あわ》てて端によけ、道を譲る。

「ここから……出たくないんですか！」

駆け寄った男に摑《つか》まれた腕を、サスケはごく自然にほどいた。

「悪いがオレは、望んでここに来たんだ」

「……え？」

ここに？　望んできた？

呆気《あっけ》にとられる男を残し、サスケは食堂を出ていく。

サスケの姿が見えなくなるのを待って、男は乱暴に卓子《テーブル》の脚《あし》を蹴《け》った。

バカにしやがって。まあいいさ。お前はこのクソみてえな場所にずっと沈んでろ。オレは、自由になる。

皿の中でゴタゴタになった朝食をかっくらい、男は足音荒く廊下に出た。囚人たちがあちこちに座り込んで雑談するのをしり目に突き進み、外に出て敷地の塀を見上げた。

作業開始までまだ時間がある。巡邏たちが外に出てくる可能性は限りなく低いはずだ。塀の警備につく者はいない。刑務所とは違い、ここの巡邏たちは基本的に作業警備しかしないし、取っかかりも何もない石の塀を十メートルも登れる人間などいやしないとタカをくっているのだ。

残念だったな。オレには登れんだよ。

男は、なめらかな石の塀に、そっと手のひらを合わせた。昔受けた授業を思い出しながら、チャクラを練って手の表面に集中させる。

ぴたりと、石の表面が肌に吸いつくような感覚。

男は、塀を垂直に這うようにして、カエルさながらに登り始めた。

遠くに、囚人たちの喧騒《けんそう》が聞こえる。登り始めてまだ数分。この時間に、外に出てくる者は少ないはずだ。所長や巡邏も、本棟で食事をとっているはず。

大丈夫。いける。見つかる前に登りきれる。瑪瑙さえ、現れなければ。

身体は、想像よりずっと軽かった。もう半分ほど登ったが、疲労はない。あと一時間だって登り続けられそうだ。

じゃり、と砂を踏む音がして、男は地上を振り返った。

黄色い瞳と目が合って、首筋がぞわりとけばだつ。

「……ッ!」

見つかった。瑪瑙だ。

まずいまずいまずい、早く逃げろ!!

慌てた男は、チャクラコントロールの配分に失敗した。塀に触れた手がずるりと滑《すべ》り、身体が宙に浮く。

落ちる、と思った瞬間、脇腹に、焼けつくような痛みが迸《ほとばし》った。

同時に、すぅっと血圧が落ちていく。こぼれていく意識の中で、自分の脇腹に深々と噛みついた瑪瑙と確かに目が合った。

一章

chapter 1

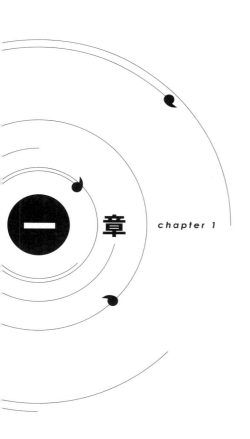

男の身体《からだ》に牙《きば》を突き立てたまま、瑪瑙《めのう》は音もなく着地した。口をぱかっと開けて、咥《くわ》えていた男の身体を地面に落とす。

「……う……」

這《は》って逃げようとする男を踏みしめて乱暴に転がし、鉤爪《かぎづめ》のついた前足を肩甲骨《けんこうこつ》のあたりに引っかけて、ずるずると引きずっていく。中庭まで来たところでようやく止まり、真っ赤な口を開け、男の右肩に食いついた。

「あああぁッ!!」

男は悲鳴をあげ、身体をのけぞらせた。

肉が裂け、ぼとぼとと滴《したた》る血が腹の出血と混じって、みるみるうちに赤い水たまりを作っていく。早く頭なり胸なり食って楽にしてやればいいものを、瑪瑙は男の身体をひっくりかえすと、今度は尻の肉を浅く食いちぎった。肉の繊維が糸を引き、男は頭を押さえつけられたまま砂を食って泣きわめいた。

瑪瑙が脱走者をゆっくりと味わうのも、ほかの囚人たちから見える中庭までわざわざ引きずってきたのも、全《すべ》て見せしめのためだ。逃げようとすれば、お前らもこうなると。

「うわ、えっぐー……」

「まだ生きてるよ。かわいそーに」

ツルハシを肩にかついだ囚人たちが、遠巻きに見物して眉《まゆ》をひそめる。遊ぶように肉を裂いていた瑪瑙がやっと臓物にたどり着き、ピチャピチャという水音が聞こえてくる頃には、ようやく男の悲鳴もかすれて聞こえなくなった。

「さあ、野次馬はそれくらいにして。早く持ち場につきなさい」

背後で低い声がして、労働者たちは一斉《いっせい》に縮み上がった。

銀縁《ぎんぶち》の眼鏡《めがね》をかけた細身の男が、ゆっくりと建物から出てくる。

タタル天文学研究所所長、ザンスール。ここの最高責任者にして、瑪瑙の主《あるじ》だ。

「さっさと動かないと、瑪瑙のデザートにしますよ」

軽い口調で言うザンスールの声色にはぞっとするような威圧感があり、冗談だとわかっていても、労働者たちは本気で青ざめてしまう。それぞれの持ち場へと散っていく人波に紛《まぎ》れ、サスケは、こっそりと瑪瑙を観察した。

瑪瑙は、大きな長い尾をぶんぶん振ってバランスを取りながら、上半身を器用に傾けて、血肉の剝《む》けた腹に頭をうずめている。硬い皮膚に覆《おお》われた顔は真っ赤に染まり、黄色い双《そう》眸《ぼう》だけがらんらんと輝いている。

ザンスール所長に忠実に従う、肉食の牢番——それが、瑪瑙だ。二足歩行で歩き、角質に覆われた分厚《ぶあつ》い皮膚と錐型《きりがた》の牙、そして鋭い爪を持つ、巨大なトカゲ。立って歩いているときの体高は八十センチほどだが、頭のてっぺんから長い尾の先までを測れば二メートルは下らないだろう。すさまじいのはその脚力で、胴体の直下から生えた二本の脚《あし》は恐るべきバネを備え、十数メートルの距離を一足飛びに移動してみせる。

ここは刑務所とは違う。巡邏《じゅんら》たちは看守のように囚人たちの生活を四六時中見張っているわけではないし、囚人たちが暮らす房や各棟の玄関にも鍵はついていない。それでも、ここに暮らす囚人たちは、従順に規則に従う。その理由が、瑪瑙だ。

敷地内を厳然と見張り、規則を犯す囚人を容赦《ようしゃ》なく食い殺す瑪瑙の存在があればこそ、ここから脱走しようなどと考える者は、めったに現れないのだった。


天文学研究所に集められた囚人たちの作業といえば、主に地面を掘り起こすことだ。農作業用の鍬《くわ》で、霜《しも》の混じった土をザクザクと削り取っていく。大きな岩や硬い塊《かたまり》に出くわしたら、慎重に掘り出して撤去《てっきょ》する。その繰り返し。

巨大望遠鏡の土台を築くために必要な作業らしいが、古株が言うには、もう一年近く延々とこの作業ばかりやらされているそうだ。

すぐそばで作業をしていたジジが、鍬を自分の腹に立てかけて、ゴシゴシと両手を擦《こす》り合わせた。

「あー、さーみぃ……」

午前中は特に底冷えがひどくて、青《あお》っ洟《ぱな》も落ちる前に凍《こお》りそうなほどだ。

「サスケ、お前寒くねえの？」

「寒い」

正直に答え、サスケは鍬の柄《え》を手のひらに擦りつけて、摩擦熱でわずかばかりの暖を取った。過酷な環境下での任務には慣れっこだが、寒いもんは寒い。

「あー、やってらんねぇ。なんでこんな寒《さみ》ぃところに研究所なんて作ったかね。薙苓《ナガレ》じゃとっくに雪が溶けてるってのに。こんな生活が続いたら凍死しちまうっつの。あー、でも、今朝《けさ》のやつみてえにバリボリ食われるくらいなら、眠ったまま気持ちよく凍って死んだ方がいいかもなぁ」

単調な作業に飽きたのか、ジジのおしゃべりが止まらない。

ジジはサスケと同房の囚人だ。食うものに困って盗みをはたらいた罪で、最低服役六か月。サスケとは同い年で体格も近いため、同じ作業区画を割り当てられたりと、何かとペアを組まされることが多い。

鼻を赤くして、しきりに指先を擦り合わせていたジジは、突然「うおっ」と声をあげた。

「やべ、マメつぶれた。あ、でも、ラッキー。これで医務室行ける」

「医務室に何かあるのか？」

「知らねえの？　新しく来た女医さん、美人で優しいって評判だぜ〜」

ニヤついたジジが「しかも独身。恋人もナシ」と付け加えたので、サスケは首をひねった。

「なぜ独身だとわかる」

「だって、指輪してねえもん」

指輪？

なおも不可解そうなサスケの顔を見て、ジジは「あ、そうか」と気がついて続けた。

「お前、よその国から来たんだっけ。烈陀《レダク》国の風習でさ、結婚するときに指輪を交換し合うんだよ。左手の薬指に指輪をつけてるのは、既婚者の印。で、その女医さんは指輪をつけてないから……あ、やべ。巡邏だ」

近づいてくる見回りの巡邏に気づいて、ジジは私語を打ち切った。歯の欠けた鍬を持ち直し、がりがりと地面を削って、真面目《まじめ》に作業しているフリをする。

これ見よがしに警棒を抜いて歩いてきた巡邏は、じろりとジジをにらんだが、サスケとは目を合わせようとしなかった。怖いのだ。

巡邏が行ってしまうなり、ジジは鍬を放り出して、溜《た》めていた白い息を吐き出した。

「あー、だりーしさみーし、やってらんねえ」

同感だ。

サスケはため息まじりに、背後を振り返った。

剝き出しの山肌《やまはだ》が連なる山脈の頂《いただき》に、タタル天文学研究所が静かに佇《たたず》んでいる。標高五千メートルの頂に建つ、厳戒の石牢。かつて、あの六道仙人《りくどうせんにん》が滞在したと言われる場所だ。

六道仙人が、このタタル天文学研究所に滞在した当時の記録を集めること。それが、サスケがここへ来た目的だった。

火《ひ》の国にいるナルトは、とある病《やまい》に苦しんでいる。そして、この地に残る六道仙人の記録をかき集めることが、サスケが今ナルトのためにとれる、ほとんど唯一《ゆいいつ》の行動なのだ。

今回ばかりは、ほかにできることのない自分がもどかしい。こうしている間にも、ナルトの病状は刻一刻と進行しているというのに――

「どうしたよ、怖い顔して」

ジジに声をかけられて、サスケは思考を中断した。

伸び放題の前髪の陰《かげ》から、同房者の切れ長の目が、不可解そうにこちらを見ている。

「いや、なんでもない」

「ホントか？　なんかすげえ深刻そうな顔してたぞ」

「気にするな」

ごまかすと、サスケは片腕で器用に鍬を握り直した。


夕食を終えて自分の房に戻ってきたサスケは、鉄格子の扉に手をかけるなり、ひしゃげた悲鳴に迎えられた。

「あ――――っ！」

部屋の真ん中で、ひょろっとした小柄な男が床《ゆか》の上に突っ伏している。全部で三人いるサスケの同房者のうちの一人、ペンジラだ。対面にはジジがあぐらをかき、二人の間には、茶碗《ちゃわん》とサイコロが転がっている。

「ジジ、てめェこの野郎！　ゾロ目出しやがって！」

「わりーな、煙草《タバコ》もらうぜ」

ジジがにやりとして、床の上の煙草を自分の方へ引き寄せる。どうやら、チンチロリンで遊んでいたところらしい。

娯楽のない収監《しゅうかん》生活の中で賭け事にハマる囚人は多いが、ペンジラは娑婆《しゃば》にいた頃からのギャンブル狂だ。といっても下手《へた》の横好きで、負け越しの連続で借金が溜まり、返済のために持参金目当ての結婚詐欺を繰り返して捕まった。最低服役一年。

「あ、サスケ。一緒にチンチロやろうぜ～」

サスケに気づいたペンジラが、性懲《しょうこ》りもなく、茶碗の中のサイコロを鳴らした。

「オレはいい」

「なんだよ、つれねえな」

つまらなそうに口を尖《とが》らせると、ペンジラは部屋の隅《すみ》へと首をひねった。

「ガンノ！　お前はやるだろ？　お絵かきなんてやめて、そろそろこっち来いよ」

三人目の同房者、ガンノに声をかける。

部屋の隅に、卵を抱いた鳥のようにうずくまっていたガンノは、ペンジラに背を向けたまま、

「今はだめだ」

と、そっけなく答えた。

六十代半《なか》ばのガンノは、この房でぶっちぎりの年長者だ。すっかりたるんだうなじの皮には、赤い絵の具がこすれてこびりついている。

「まだやってんのか。飽きねえなあ」

「話しかけるな。完成間近の大事なところなんだ」

外の作業に出ていたガンノが突然、「いいものを見つけた」と言って、赤茶色の石ころをポケットにたんまり詰め込んで帰ってきたのは、一か月前のことだった。翌日からガンノは、手の皮がズル剝けになるのも構《かま》わず、毎朝毎晩、ひたすら石同士をぶつけて砕き続けた。丸五日かけて全ての石を砕き終えると、今度は自分の足の裏の皮を無理くり剝《は》がした。そして、食事当番の連中に頼み込んでかまどの一区画を空《あ》けてもらい、朝食前後の二時間を使って、二週間近くかけて合計三十時間その皮を煮込んだ。

血まみれの足の裏にサラシを巻くガンノの姿を見て周囲は正気を疑ったが、当の本人はいたって楽しそうだった。

皮が溶けてトロみのついた煮汁と、苦労して砕いた赤茶色の粉末。

たった二つの材料がようやくガンノの手元にそろったのは、ちょうど、サスケがここに初めて来た日のことだ。新参者への挨拶《あいさつ》もそこそこに、ガンノはマツブサの葉の上で、両者を混ぜ合わせ始めた。よくわからない作業に没頭している同房の男の手元をのぞきこんで、サスケは思わず息をのんだものだった。

くすんだ赤茶色の粉末は、煮汁と混じってみるみる粘度を増し、つややかな赤褐色《せきかっしょく》へと変化していったのだ。数分も練《ね》り続けると、まるで紅梅《こうばい》を舐《な》めたように鮮《あざ》やかなカーマインの岩絵の具が完成した。

それからというものの、ガンノは毎晩、松の葉を絵筆に、自分の足の爪をキャンバスにして、描画を楽しんでいる。

「どうせ、来週の持ち物点検の前に落としちまうんだろ」

似合わないネイルアートにいそしむ男の背中に向かって、ジジが呆《あき》れて声をかける。

「だから急いでるんだよ。もう小指まで来た」

答えるガンノの声は、どこか楽しげだ。

国家反逆罪で、最低服役十七年。宰相《さいしょう》と対立する貴族の肖像画を描いたことが、ガンノの罪状だった。父親も画家で、物心ついたときには、好きも嫌いもなく絵筆を握らされていたという。

三週間かけて作った絵の具で、一週間かけて絵を描く。来週には消さなければいけないとわかっている絵を、そうまでして完成させたいと思うガンノの気持ちが、サスケにはわからないでもなかった。ここでは娯楽も目標も貴重なのだ。

囚人たちは、基本的に四人で六畳の独房を分け合い使っている。狭いスペースにそれだけの大人《おとな》がそろえば衝突が起きるのも当たり前で、血みどろになるまで殴《なぐ》り合《あ》いをしたり、衰弱死するまで一人をイジメぬいたなんて事件は日常茶飯事《さはんじ》だ。そんな環境下にあって、サスケのいる房は比較的平和だった。仲良しこよしとはいかないが、今のところ、表立った問題は起こっていない。

ガンノは芸術活動に没頭《ぼっとう》し、ジジとペンジラは賽《さい》の目の組み合わせに一喜一憂。サスケは消灯の時間まで、ぼんやりと月を眺《なが》める。この房は毎晩、そんな感じだ。

「なー、サスケもやろーぜー」

「最初に親やらせてやっから」

一ターン終わるごとに、ジジとペンジラは寂《さび》しそうにサスケを誘った。

「やらん」

短く答えたサスケは、小さな物音を聞いて、中庭に面した窓の方へと視線を向けた。

白く射し込む月光を、影が一瞬だけ遮《さえぎ》る。おそらく、瑪瑙が中庭にいるのだろう。

瑪瑙に関して、サスケには気になることがあった。

調べるなら、自由時間の今が好機だ。

「気が変わった」

サスケは立ち上がり、ペンジラの正面に座り直した。

「相手になってやる」

「えっ、まじ？　やったー！」

「煙草は持ってないから、代わりに賭け金はこれでいいか」

そう言ってサスケは、懐《ふところ》に手を差し入れ何かを取り出すふりをして、指の先でチャクラを練った。土遁《どとん》の応用技で、土中に含まれる特定の元素比率を極限まで上げ、原子の配置をなめらかに整《ととの》えて結晶化する。

手のひらの上で、ころんと赤い石が転がった。

さくらんぼほどの大きさの、どでかいルビーだ。

「え？　宝石？　本物？」

「いや、まさか。ガラスかなんかだろ」

ペンジラとジジが、しげしげと宝石を見つめる。

サスケは肯定も否定もしなかったが、手のひらの上の宝石は物理的にまさしく本物だ。

残念ながら人工だが。

「きれいなガラス玉なんかもらってもなぁ。火ぃつけて吸えねーと楽しめねえじゃん」

「てかお前だってもう賭ける煙草ねえだろ、さっきのゲームでオレに全部取られたんだから。食事当番でも賭けとけ」

サスケは、茶碗を手に取った。

「煙草はいらないし、当番も変わらなくていい。代わりに一つ、頼みを聞いてくれ」

「頼み？」

「あとで言う」

茶碗を畳の上に置いて、サイコロを三つ、握り込む。

そして顔を上げて、ペンジラに聞いた。

「一番強い出目はなんだ」

「やっぱルール知らねえんじゃん。ピンゾロだよ。数字の一が三つそろったやつ」

「じゃあそれを出そう」

ジジとペンジラが、顔を見合わせる。

ガンノも作業の手を止めて、サスケへと視線を投げた。

サスケは、握った手のひらの中でチャクラを練った。サイコロを投げる間際《まぎわ》、気づかれない程度の微風を一緒に飛ばす。

キィン、と乾いた音をたて、木製のサイコロが茶碗の中を転げた。

「まじで……」

三つ並んだ赤い丸を見て、ペンジラがあんぐりと口を開けた。

サスケの狙い通り、出目はもちろん、ピンゾロだ。

ジジとガンノも呆然《ぼうぜん》としている中、サスケは悠々と立ち上がった。

「オレの勝ちだな」

「宣言してからピンゾロ出すなんて、そんなラッキーあるかよ。イカサマだろ」

たまらず抗議したペンジラの肩を、ジジがポンと叩《たた》いた。

「諦《あきら》めろって」

囚人同士のギャンブルにおいて、イカサマは日常茶飯事だ。そして、現行犯でタネを見抜けなければイカサマはイカサマにならない、というのがここでの暗黙のルールだった。

「オレの頼みを聞いてくれる約束だな、ペンジラ」

「……あんまりハードなのは無理だぞ」

「安心しろ、簡単なことだ」

そう言うと、サスケは立ち上がって戸口に向かった。「散歩してくるから、巡邏の見回りが来たら適当にごまかしておいてくれ」

冗談だと思ってペンジラはへらっと笑ったが、サスケが真顔なのに気づくと、慌《あわ》ててサスケの足に飛びついた。就寝前の自由時間は、房内にいる限りは何をしようと自由だが、房の外へ一歩でも踏み出した瞬間に規則違反になる。

「無理に決まってんだろ！　明らかに一人足《た》りてねえのに、どうやってごまかすんだよ！」

「布団《ふとん》でもふくらませておけ」

「騙《だま》されるか、そんなんで！　巡邏の連中は五歳児じゃねえんだぞ！」

ぎゃあぎゃあわめくペンジラを追いはらって、房の外に出る。

鉄格子ごしに、ジジが「サスケ！」と声をかけた。

「わかってんだろうな。規則違反が見つかったら、問答無用で懲罰房《ちょうばつぼう》行き。相手が瑪瑙なら言《い》い訳《わけ》する間もなく食い殺されるぞ」

「すぐ戻る」

サスケが平然と返すと、ペンジラは「そういう問題じゃねえんだよ……」とうめいた。


天文学研究所の敷地内には、中庭を挟んだ東西に二つの建物がある。西側にあるのは、囚人たちが寝泊まりする雑居棟で、そこらへんから枝きれを拾ってきて五分で作りましたといった風情《ふぜい》のバラックだ。

一方の東側にあるのが、天文学研究所の本棟。

四人の立ち入りは禁止されているが、サスケは躊躇《ちゅうちょ》なく、正面玄関から堂々と中に入った。

一歩足を踏み入れるなり、毛足の長い絨毯《じゅうたん》に歓迎された。本棟は、雑居棟とはまさしく別世界だ。タタルの時代の建物を補修した、王宮さながらの壮麗《そうれい》な煉瓦《れんが》建築。地上四階建てという規模は、この国の建築水準からいえば、かなり大きな部類だ。

四人たちは硬い石の床に涙しつつペラペラの布団にくるまって寝ているというのに、本棟には、室内はもちろん廊下や階段にまでふかふかの絨毯が敷き詰められている。煉瓦を漆喰《しっくい》で固めた堅牢《けんろう》な造りは、当然隙間《すきま》風とは無縁で、巡邏たちの居室には大きな暖炉まであった。雪が降るとなぜか室内につららが出来る雑居棟とは、雲泥の差だ。

途中、部屋に隠れたり天井に貼りついたりして、廊下を歩いてきた巡邏をやり過ごしながら、サスケは本棟の廊下を歩きまわった。あえて気配を消していないのは、あの大トカゲ——瑪瑙を呼び寄せるためだ。動物相手に言葉で聞くわけにもいかないが、幻術《げんじゅつ》にかけて操《あやつ》ることで、何か新しい情報が手に入るかもしれない。

瑪瑙は、反射神経、速度、パワー、全てにおいておよそトカゲの水準を超えている。十中八九、口寄《くちよ》せ動物と見ていいだろう。所長の命令に忠実なことから、術者はザンスールの可能性が高い。もともとこの国に忍《しのび》は存在しないが、宰相が戦争のため抜《ぬ》け忍《にん》を集めていると聞いている。

もしも、ザンスールが忍で、口寄せの術を使って瑪瑙を呼び出しているのだとしたら、両者はチャクラで繋《つな》がっていることになる。

それにしては口寄せされている時間があまりに長いことが気になった。瑪瑙は朝も夜も、常《つね》に研究所内を闊歩《かっぽ》して、囚人たちを見張っている。一日に最低二十時間ほど、ザンスールに口寄せされている状態だということだ。あまりに長すぎる。ザンスールの持つチャクラの量がそれほど多いのか、もしくは、火の国に伝わる口寄せの術とは根本的な仕組みが違うのか――

カツン。

廊下の奥で、鉤爪が床を叩く音がした。

足を止めれば、宙に浮いた一対の黄色い瞳と目が合う。

暗闇《くらやみ》の中からにじり出るようにして、瑪瑙が姿を現した。

「来たな」

サスケは薄いまぶたをすっと持ち上げ、瞳に力を入れた。

写輪眼《しゃりんがん》。

三《み》つ巴《どもえ》の浮いた紅《あか》い瞳が、瑪瑙の視線をとらえる。瞬間、瞳術《どうじゅつ》を発動し、瑪瑙を幻術の世界へと引きずり込んだ——はずが。

タン！

瑪瑙は床を蹴《け》り、サスケへと飛びかかった。剝き出しになった鋭い爪が横薙《よこな》ぎに払われ、サスケの髪の一束を切り落とす。

……幻術が、効かない？

襲ってくる瑪瑙をかわしたサスケの背中が、トンと壁に行き当たって止まった。バネのような瞬発力で、瑪瑙は一気に距離を詰めてくる。黄色い瞳と再び視線を合わせてみるが、やはり同じだった。幻術がかからない。

突っ込んでくる瑪瑙の胸の下に、サスケはすっと飛び込んだ。掌底《しょうてい》で胸を押し上げ、足払いをかける。

仰向《あおむ》けに倒れた瑪瑙の下で、床に亀裂が入る音がして、サスケはそれ以上の攻撃をやめた。戦いの痕跡《こんせき》を残して、所長たちを警戒させるのは危険だ。わざわざ人目につきづらい本棟へ移動した意味がない。

距離を取ろうとしたサスケの隙をつくように、瑪瑙がギンと目を見開いた。

長い尾をムチのようにしならせ、飛びかかってくる。一歩後ろに引いて余裕で避《よ》けたところへ、瑪瑙はほとんど捨て身で切りかかってきた。

速い！

サスケは、水遁《すいとん》の応用技で氷を結着させ、即席のクナイを作って、間近に迫《せま》った鉤爪を指ごと断ち切った。ひるまず躍《おど》り込《こ》んできた瑪瑙の胴を、続けざまに切り上げる。

「ギャン！」

甲高《かんだか》い悲鳴をあげて、瑪瑙はその場にたたらを踏んだ。ざっくりと開いた腹の傷から、黄ばんだ体液がぼたぼたと落ちた。

しまったな。

サスケは、とっさの自分の動きを後悔したが、もう遅い。

瑪瑙はよろめいて、明かり取り用の小さな窓へと突進し、壁を破壊して中庭へと飛び下りた。そして、体液を垂《た》れ流しにしながら、一目散に逃げていった。

サスケは唇《くちびる》を嚙《か》み、嫌な感触が残る手のひらに視線を落とした。

最後のクナイの一閃《いっせん》は、かなり深く入った。もしかしたら、致命傷を与えてしまったかもしれない。

しかし——

翌朝、食堂のいつもの席で中庭を見下ろしたサスケは、見覚えのある長い尾が揺れているのを見つけて、動揺に目を見開いた。

バカな。そんなはずない。

視線に気づいたのか、瑪瑙が振り返ってサスケの方を見た。しかし、昨晩のことなどまるで覚えていないかのように、すぐにふいっと顔をそらしてしまう。

瑪瑙が、生きている。

確かに深手を負わせたはずなのに、その身体には傷痕《きずあと》ひとつ残っていなかった。

どういうことなのか、意味がわからない。まるで、自分の方が瞳術にかけられたみたいだ。

「瑪瑙に手を出したのはお前だな。四八七番」

背後で、ふいに敵意のある声がした。

ザンスールだ。

コイツへの直接接触は様子見していたが、瑪瑙に手を出したことがバレているのなら仕方ない。どうせ、こちらからも聞きたいことがある。

振り返ったサスケは、写輪眼を発動させた。瞳が紅に染まり、虹彩《こうさい》に浮かんだ三つ巴がザンスールの視線をとらえる。

次の瞬間——サスケは小さく息をのんだ。

写輪眼でとらえて、初めて気がついた。ザンスールの眼鏡の向こうにあるのが、ただの硝子《ガラス》の球体だということ。

「義眼……」

「えらい、えらい」

ザンスールは目を細め、口の端をゆがめて微笑《ほほえ》んだ。

「よく気づいたじゃないか。毎日顔を合わせている部下たちでさえ、誰一人気づかなかったというのに」

ザンスールが腕を伸ばして、サスケの背後にある窓枠に触れた。その手つきは自然で、どう見ても、視界が利《き》いているとしか思えない。しかし、ザンスールの左右の眼窩《がんか》にあるのは、何度確かめても硝子の球体でしかなかった。

「多少忍術が使えるようだが……覚えておけ」

サスケの耳元に口を寄せ、ささやくように声をひそめる。左の義眼が、まるで神経の通った生き物のように、ぐりんと一回転した。

「一介《いっかい》の忍ごときが、私から瑪瑙を取り上げることは不可能だよ」

二章 chapter 2

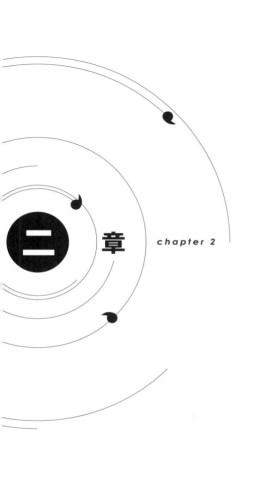

翌日、巡邏《じゅんら》が初めて、サスケに懲罰《ちょうばつ》を与えた。

点呼のときに目をそらした、というのが、その理由だ。巡邏が楽しげに振り上げた鉄棒は、サスケの肩、鎖骨《さこつ》、そして背中を順番に叩《たた》きつぶした。

もちろん一般人に殴《なぐ》られた程度では、サスケにとってはどうということもない。が、それでも痛みはあるし腹も立つ。思わず漏れた舌打ちが反抗的だと見なされ、余計にビンタまで食らう羽目になった。

「なんだ、あいつら。昨日《きのう》までサスケにびくびくしてたくせに、急に強気になりやがって」

作業中、背後に巡邏がいるのに気づかず毒づいたジジは、腹を鉄棒で殴られた。

さらにサスケは、「ジジの私語を注意しなかった」というよくわからない理由で、ジジの三倍の回数殴られた。

明らかに、所長の指示が下りている。サスケを狙え、と。

拘束されたり独房にブチ込まれたりはしていないから、木《こ》ノ葉《は》の忍《しのび》だと身元が割れたわけではないのだろう。でなければ、今頃ほかの囚人に混ざってのんきに土削りなんてさせられてはいまい。

　囚人の中にたまたま忍の心得を持った者が紛《まぎ》れていて、大切な瑪瑙《めのう》にちょっかいをかけようとした。調子に乗っているようだから、痛い目を見せてやろう。――サスケに対する所長の認識は、おそらくその程度のはずだ。

　結局その日、サスケは八人いる巡邏全員から何度かずつ鉄棒を食らわされた。作業の進《しん》捗《ちょく》が遅い。呼ばれても返事をしなかった。目つきが反抗的だった。因縁《いんねん》の理由は様々で、何度殴られようとサスケにとってたいしたダメージにはならないのだが、ちりも積もれば腹が立つ。一日が終わる頃、就寝前の見回りに来た巡邏に「髪が長い」と校則違反の学生のような理由で殴られたときには、よっぽどやり返してやろうかと思った。ナルトのための潜入でなければ、肋骨《ろっこつ》の一本や二本、へし折っているところだ。

「サスケ、今日はいきなり災難だったな」

「巡邏の連中、なんでいきなりサスケを標的にし始めたんだろうなあ」

　ペンジラもガンノも、口々にサスケを気の毒がった。

　これまでにも、巡邏たちが囚人をイジメてヒマつぶしをすることはよくあった。でも、標的になるのはいつも、気弱でオドオドしていて、なぶっても反抗してこなさそうなタイプ。サスケは全《すべ》てにおいて真逆だ。

「これくらい、どうということはない」

と、頓着《とんちゃく》なさそうに言ってはみるものの、サスケの口調はあからさまに苛立《いらだ》っていて、

「ガチギレしてんじゃん」とジジに突っ込まれてしまう。

「なんか、所長から恨み買うようなことしたとか」

「存在が気に食わねえんじゃねえの？　自分より顔のいいやつ嫌いそうじゃん」

「あー。あいつ絶対プライド高いもんな」

やいやい騒いでいると、いきなり明かりが落ちた。

消灯時間だ。

時間になると何の前触れもなく電灯が消え、そして朝になるまでは何があろうと絶対につかない。三つ隣の房にいる男が心不全を起こしたときでさえ、つけてくれなかった。

ジジたちは、自分の布団《ふとん》を手探りで探し当て、中に滑《すべ》り込んだ。数分も経《た》てば、聞こえてくる寝息が規則的になる。日中の作業で疲れ果てているのに加え、ここでの時間割に身体《からだ》が慣れきっているのだ。

全員が眠り込んだことを確認して、サスケは鉄格子を引き、房の外へと出た。

夜の雑居房を歩くサスケの手首には、短冊状の赤い布が巻かれている。

赤い巻布は、許可を得て外出していることの証明だ。時間外の作業に駆り出されるときや、自由時間外にやむを得ず医務室へ行くときなどに、巡邏から支給される。これをつけていれば、規則違反を犯していると見なされて瑪瑙に攻撃されることはない。昼間、隙《すき》だらけで警棒を振り上げた巡邏の懐《ふところ》からスったものだった。

寒々しい廊下を、気配を消して歩いていると、すすり泣きが聞こえてきた。

出所は、壁際《かべぎわ》に置かれた、スチール製の掃除用具入れだ。

何が起きているのか大体想像はつくが、素通りするわけにもいかない。

扉を開けると、縮れ毛の痩《や》せた男が一人、手足を麻縄《あさなわ》で縛《しば》られ押し込められていた。

「ヒッ!」

男はサスケの姿を見るなり、身体をこわばらせた。胸の前で縛られた手首は唾液で濡《ぬ》れて、くっきりと歯形がついている。声を出せばその分早く瑪瑙に見つかるから、自分の手を噛《か》んで悲鳴をこらえていたのだろう。

「ここで何をしている」

「あ……あの……トイレに行って戻ってくる途中、古参連中に捕まって……閉じ込められて……」

イジメか。

サスケは、男の手足を縛る麻布を引きちぎった。

血気盛んな連中をこんな環境で何日も閉じ込めておけば、ストレスの捌《は》け口《ぐち》にされるやつも出てくる。たいてい標的になるのは、弱いやつ。かばってくれる仲間のいないやつ。もしくは、弱っていてすぐに死にそうなやつ。

「巻布は？」

「ない……取られた……」

サスケは舌打ちして巻布を外《はず》し、男に押しつけた。このまま巻布ナシで廊下にいれば、彼はいずれ瑪瑙に見つかって食い殺されてしまう。

卑屈《ひくつ》にお礼を重《かさ》ね、廊下を駆けていく男の背中を、サスケは純粋に同情して見送った。

サスケにとって、ここは、一時的に潜入しているだけの場所に過ぎない。でも、彼にとってここは墓場だ。今の作業ペースでは、いつ望遠鏡が完成するかわからない。完成前にここで死ぬ確率の方がずっと高い。

弱い人間を見るのは苦手だった。どうしていいかわからない。

タン。

背後で、硬い爪が床《ゆか》を叩く音がした。

風圧が、うなじに触れる。

鋭い鉤爪《かぎづめ》が、袈裟《けさ》懸《が》けに振り下ろされて、サスケの背中を真っ二つに裂いた――かに見えたが残像だ。クンと鼻を鳴らした瑪瑙は、天井に張りついたサスケに気がついて、長い尾を振り上げた。

ドゴォッ!

尾の先が天井を粉砕する。サスケは落下する木片に紛れてトンと床に下り、至近距離から、瑪瑙の腹をまじまじと観察した。やはり、傷痕《きずあと》らしきものは残っていない。確かに昨晩、腹のど真ん中をざっくり切ってやったはずなのに。

「たいした回復力だな。それとも、別のトカゲと入れ替わったか?」

瑪瑙が、無表情のまま、サスケに向かって突進する。

鋭い爪の一閃《いっせん》が、宙を裂いた。空振りの勢いで前のめりに倒れた瑪瑙の身体の下には、すでにサスケが躍《おど》り込《こ》んでいる。硬い鱗《うろこ》に覆《おお》われたアゴを蹴《け》り上《あ》げ、続けざまに下っ腹へ横蹴りを二発。

三発目を食らわそうかと思ったところで、ぶんと横から長い尾が飛んできた。しなる尾の先を右手で受け止めて引っ張ると、瑪瑙はバランスを崩し、腹を上にしてひっくりかえった。すかさず瑪瑙の首を掴《つか》み、サスケは駄目元でもう一度、写輪眼《しゃりんがん》を試してみた。しかし、結果は同じだ。瑪瑙は幻術《げんじゅつ》にかからない。

見下ろされる姿勢に屈辱《くつじょく》を感じたのか、瑪瑙の瞳がきゅうっと細くなった。身体をよじり、サスケの頭を食いちぎろうと首を突き出す。横跳《よこと》びに跳んだサスケの頬《ほお》を、瑪瑙の右足の爪がわずかにかすめた。

チリッと皮膚が裂け、ごくわずかに血が滲《にじ》む。

なおも瑪瑙が襲いかかってくるものと踏んで、サスケは隠し刀の鞘《さや》を抜いた。しかし予想に反し、瑪瑙はタンと後ろに飛《と》び退《すさ》ってサスケと距離を取った。

どういうつもりだ？

中距離からの攻撃手段があるのだろうか、と警戒した瞬間——ふいに、眩暈《めまい》がした。

身体がよろけ、一瞬、瑪瑙から意識がそれる。

はっと気づけば、牙《きば》を剝《む》いた瑪瑙が、目の前まで迫《せま》っていた。横ざまに振り払われた四本の爪が、髪の先をかすめる。左に跳んでなんとか攻撃をかわしたサスケは、着地しようとしてまた眩暈に襲われた。

ふらつく身体で踏んばり、揺れる視界に必死でピントを合わせる。

壁に手を突いてくずおれたサスケに、瑪瑙が襲いかかる。

ドクン！

心臓が大きく波打ち、膝《ひざ》から力が抜けた。

「……っは、ハァ……っ」

胸の奥が熱い。白く濁った視界の向こうで、瑪瑙の鋭い爪が光る。

サスケは逆手《さかて》で刀を抜き、ヒュッと十字に切った。床板を梁《はり》ごと粉砕して、木片もろとも階下へと落ちていく。

瑪瑙もすぐさま、サスケを追って床の穴へと飛び込んだ。一つ下の階に着地して、サスケを探して周囲をぐるりと見回す。

しかし、サスケの姿もにおいも、すでに消えていた。


「はッ、ぁ……ッ」

サスケは荒い息をつき、ほとんど壁に寄りかかるようにしながら、ずるずると暗い廊下を進んでいた。

なんとか瑪瑙を振りきったはいいものの、身体のしびれは強くなるばかりだ。

脳裏をよぎるのは、瑪瑙の爪が頬をかすめたときのこと。身体に毒が入ったのは間違いなくあのときだろうが、爪に毒を持つトカゲなど聞いたことがない。おそらくザンスールが、瑪瑙の爪に毒を塗っておいたのだろう。

「ぐ……う、う……」

身体がガクガクと小刻《こきざ》みに痙攣《けいれん》し始める。

すさまじい寒気が津波のように背筋《せすじ》を這《は》い上《のぼ》り、サスケの頭の中を真っ白にした。皮膚が燃えるように熱い。それなのに、身体の奥は凍《こご》えそうなほど冷たくて、胴震いが止まらない。

サスケは手のひらの上でチャクラを練《ね》り、水遁《すいとん》の水を作って口に含んだ。しかし、いくらも舐《な》めないうちに指先までもが震え始め、ろくにチャクラを練ることすらできなくなった。飲みそこねた水が、鎖骨をこぼれて、へその方まで落ちていく。

「ッハァ……っクソ……」

視界が揺らぐ。頭の中に花火でも放り込まれたみたいに、鼓膜の裏側でパチパチと耳障《みみざわ》りな幻聴が止まらなかった。

マズい状況だ。

よくある毒なら、致死量の数倍摂《と》っても効かない程度の耐性は持っている。そのサスケの身体にここまで作用するとは、よほど強力な毒か、あるいはこの土地特有の未知の物質か。

「は……っは、ぁ……」

喉《のど》がふさがれたように、呼吸が浅くなっていく。サスケは荒く息を吐きながら、言うことを聞かない身体を引きずって、壁づたいにずるずると進んだ。

心臓は、今やひどい音をたてて呼吸の邪魔をしていた。過呼吸と心臓発作が同時に襲ってきたみたいだ。

手のひらに残った水遁の水滴を舐めるが、気休めにもならない。

いっそこのまま壁にもたれて、症状が治まるのを待とうかと、そう思った瞬間。

コツ。

耳鳴りの狭間《はざま》で遠くに響《ひび》いた足音を聞き、サスケは凍《こお》りついた。

まずい……誰か来る。

こんな状態で、敵意を持った相手に出くわしたら終わりだ。

足音はどんどん近づいてくる。

サスケは瞳に三つ巴《みつどもえ》を浮かべ、ぼやける視界に必死に焦点を結んだ。身体はもうまともに動く気がしない。やってきたのが誰であれ、幻術にかけてやり過ごすしかない。

息を引っつめて、近づいてくる足音を待つ。

コツ、コツ、コツ——……

石畳《いしだたみ》の廊下を打つ足音がふいに消え、一瞬ののち、何者かの気配はサスケの背後に移動していた。

意識は反応したが、身体がついてこない。

後ろから伸びてきた手が、写輪眼を発動したサスケの目を覆った。柔らかく。

「……ッ！」

サスケは小さく息をのんだ。

触れた指の感触に覚えがある。

いや、バカな。こんなところにいるはずがない。

振り返ろうとしたが身体に力が入らず、後ろに倒れたサスケの身体を、慣れた体温が受け止めた。

「――落ち着いて、サスケくん」

サクラの声だった。

◆

医務室のベッドに寝かせられ、サスケは、ふ、ふ、と浅い呼吸を繰り返していた。

鼓膜を揺らすようだった脈拍も、三半規管《さんはんきかん》がひっくりかえったような気持ち悪さも、だいぶ落ち着いてきた。おそるおそる身体に力を入れてみれば、足も腕も普通に動く。

「調子はどう？」

ベッドの四方を囲《かこ》むカーテンを開け、妻が顔をのぞかせる。

「あぁ……だいぶいいようだ」

ゆっくりと身体を起こし、サスケはベッドから下りた。まだ少しくらくらする感じがあるが、ほどなく回復するだろう。

そんなことよりも、問題は、サクラがこんなところにいる理由だ。

「症状からすると、おそらく活動電位に作用するタイプの毒ね。チャクラの経絡《けいらく》系を阻害して脱分極《だつぶんきょく》を引き起こし、中枢神経が強烈に興奮するよう作用する……サスケくんの身体に耐性がないってことは、この土地に固有の物質なのかしら」

サクラはサスケの右腕の袖《そで》をまくった。アルコールの沁《し》みた脱脂綿で関節の内側を一拭《ふ》きすると、「チクッとするわよ」と子供にかけるようなセリフを吐いて注射針を刺す。

「……サクラ」

自分の血液が、注射器の中の目盛りを満たしていくのを見ながら、サスケはおもむろに聞いた。

「なぜお前がここにいるんだ。サラダはどうした？」

「イルカ先生の家にホームステイ中よ。私はサスケくんに、ミッションの変更を伝えに来たの」

「ミッションの変更？」

今、ナルトは、九尾《きゅうび》とともに原因不明の病《やまい》に苦しんでいる。九尾によれば、かつてあの六道仙人《りくどうせんにん》も、ナルトと同じ症状の病にかかったことがあったらしい。そして、六道仙人は烈陀国《レダク》滞在中に、その病から回復したという。

六道仙人がどうやって病気を治したのか、具体的な方法は不明。そこで、まずはカカシが、手がかりを探して烈陀国《レダク》の首都に潜入することになった。

しかし、辺境の烈陀国《レダク》まで、たどり着くだけでも長い日数がかかる。カカシから連絡がないまま、ナルトの容体《ようだい》は刻一刻と悪化していった。火《ひ》の国に存在した関連のありそうな文献は、大部分が古代語で書かれていて、専門の学術チームをもってしても、解読はすぐには進まない。どうやら六道仙人は「ジャンマール＝タタル」という人物とともに「天文学研究所」に長期滞在していたようだが、それ以上の情報が得られなかった。

ぐずぐずしていては、ナルトの症状は手遅れになるかもしれない。業《ごう》を煮やしたサスケは、周囲が止めるのも聞かず、このタタル天文学研究所へと単身乗り込んだのだ。六道仙人の病に関する、さらなる手がかりを求めて。

そして、サスケが発《た》ってすぐに――サクラも、サスケを追って、この研究所へと向かった。

「ここへ来る途中で、シカマルから鷹《たか》が届いたの。カカシ先生が首都で見つけた文献に、六道仙人の病についての記述があったって……これが、該当箇所の写し」

サクラが差し出した四つ折りの紙には、見覚えのあるシカマルの字が並んでいる。

六道仙人、奇病に侵《おか》され烈陀《レダク》国をたずね歩《あり》きし末、天文学者のタタルと出逢《であ》ふ。
タタルと療養を重ぬれども、病、さらにおこたらず。
其《その》夜、タタル、地に迫るる隕石を天に見つけたり。
六道仙人、落ちて来し隕石を片手にて受け止め、ただ二つに割りにけり。
くだけし隕石のきらめき、六道仙人に降り注ぎけり。
すなはち、六道仙人が長年の病、たちまちにおこたる。
天より降りし隕石、チャクラを開かしむること限りなく、めでたき力を持ちにけり。
タタル、彼《か》の力の源《みなもと》となりし物質を、『極粒子《きょくりゅうし》』と名付けけり。

また、彼の力をめぐりて人びとの争はざらんがため、
極粒子の半《なか》ばは『地に降りし空』に、もう半ばは『離れず巡る星』に隠しけり。
極粒子、今の世にては、星を並べし道しるべに守られて眠りたり。

六道仙人が病に侵されし者の居《お》らば、さだめて極粒子の力を欲すべし。

さすれば彼の力は彼の地に来るらむ。

其《そ》の在処《ありか》を知らんとする者、烈陀《レダク》の地にて天体絵図で遊ばれたし。


「六道仙人と同じ病に侵された者がいれば、か……」

サスケは、最後の三行を読み直して、つぶやいた。

病を治す鍵は『極粒子』。

この文献によれば、六道仙人は、『極粒子』を二つに分け、片方を『地に降りし空』に、もう片方を『離れず巡る星』に隠したという。

「これは私とシカマルの間で一致した推測だけど、多分ナルトの病気は、尾獣《びじゅう》を身体の中に入れていることで起きる、チャクラ管の動作不良の類《たぐい》じゃないかと思うの。そして、隕

石に含まれる物質――タタルが言う『極粒子』とやらが、その症状を治癒《ちゆ》する力を持っているなら……」

「必ず手に入れる」

サスケが有無を言わさぬ口調で言い、サクラはうなずいて応《こた》えた。

「というわけで、新しいミッションは『天体絵図』を探して『極粒子』を手に入れること。まずは、それが何なのかを探るところからね。本か、絵か、それとも別の何かか」

「ミッションの変更は承知した。だが、お前がここにいる理由にはならないぞ」

サスケににらまれて、サクラは不満げに、眉間《みけん》にしわを寄せた。

「……私だって忍なんだから。必要があれば里の外に出るわ」

「わざわざ危険を冒《おか》すことはないだろう。鷹を飛ばせば伝令くらいいくらでも」

「飛ばしたわ。でも、届かなかった。鷹は手紙を持ち帰ってきちゃったのよ」

「なに？」

今度は、サスケが眉をひそめる番だった。

そこらへんで捕まえた野生種ならまだしも、雛《ひな》のときから里で訓練された鷹が手紙を運び損《そこ》ねることは稀《まれ》だ。

「原因はわからないけど……時間も惜しいしこれはもう直接伝えようと思って、医者として潜入することにしたの。ここにいれば、あなたのサポートもできるし」

「必要ない。すぐに戻れ。ここは危険だ」

「危険？」

「私のこと、なめてるの？」

サクラが、すっと真顔になった。

「お前の実力は知ってる。だが、ここはオレ一人で充分だと言っているんだ。それに……この研究所には、何か裏がある。所長にも瑪瑙にも、瞳術《どうじゅつ》が効かない」

「だったらなおさら。力ずくで解決できない特殊任務には、相棒が必要でしょ？」

サクラの言うことには、一理あった。

こと戦闘になれば、七代目火影《ほかげ》のほかには並ぶ者がないほどの強さを誇るサスケだが、今回の潜入任務はどちらかといえば諜報《ちょうほう》活動に近い。瞳術の効かない相手から情報を聞き出すときや、誰も傷つけず誰からも気づかれずに事を済ませたいとき。力のゴリ押しではどうにもならない場面で、仲間がいることは大きなメリットだ。

「それに……ここの環境はひどすぎる。栄養失調と過労でどんどん人が倒れてるのに、誰もそれを問題にしない。ザンスール所長に改善案を提案したけど、まるで聞き入れてくれないのよ。何人か死んでもすぐに補充できるって……所長も巡邏も、みんなのこと、取り換えの利《き》く労働力としか思ってない」

「危険なことをするなと言ったはずだ。下手《へた》に所長に逆らって目をつけられたらどうする」

「私は医者よ。ここにいる全《すべ》ての人たちの健康に尽《つ》くす義務があるわ」

仕事のことになると、サクラは途端に頑固《がんこ》になる。

しばしにらみあったのち、先に諦《あきら》めてため息をついたのは、サスケの方だった。

「……わかった、好きにしろ。でも無理はするなよ」

「もちろん」

サクラは微笑すると、くるりとデスクの方を振り返った。

「それじゃあ、とりあえず、サスケくんの血液サンプルを木ノ葉に送るわね。それから、念のためカカシ先生のところにも現状報告を」

「鷹は連絡手段にならないんじゃなかったか」

「見て」

サクラが口笛を吹くと、奥の部屋から小柄な鷹が飛んできた。囚人が時間外に出歩くときにつける巻布を、赤いスカーフのようにちょこんと首周《まわ》りに巻いている。

「鷹が木ノ葉に戻ってきちゃったのは、瑪瑙が追い払ってたからじゃないかと思うの。部外者立ち入り禁止は、ここの鉄則でしょ。でも、この巻布をしていれば、もしかしたら侵入者とは見なされないかもしれない」

なるほど、とサスケがうなずく。

そのとき、誰かが医務室の戸をノックした。

診療時間はとっくに過ぎている。こんな時間に誰が何の用かと、二人は顔を見合わせた。

「先生、まだ起きてる?」

聞こえてきたのは、ジジの声だ。普段聞く口調よりも、心なしか語尾が柔らかい。

サクラに肩を押され、サスケはベッドの上に戻った。仕切りのカーテンが目の前でシャッと閉められ、ジジが近づいてくる物音がする。

「ねー、先生? いねえのー?」

カーテンの下から足が見えていることに気づいて、サスケは土足のままベッドの上に脚《あし》を上げた。と、同時に、ジジのシルエットが仕切りのカーテンに映る。

「……あ、なんだ。いるじゃん」

「ジジ。どうしたの? こんな時間に」

サクラが、平静を装《よそお》って聞く。

「これ、見て。昨日の作業中、マメつぶしちゃったんだ。痛くて寝つけねえって巡邏に訴えたら、医務室行きの許可もらえた」

「そこに座って。番号、いくつだっけ？」

「五四四」

ペン先が紙を擦《こす》る音がする。ジジのカルテを作っているのだろう。治療は長くかかるまい。サスケはベッドの上であぐらをかいて、ジジが出ていくまでやり過ごすことにした。

「先生、煙草《タバコ》持ってない？　あれが一番、痛み止めになるんだけど」

「あるわけないでしょう。医務室をなんだと思ってるの」

「煙草くれたら、オレ、なんでもするんだけどな。本当にないの？　先生の吸いかけでも全然イイんだけど」

「消毒するから、沁みるわよ」

サクラはジジの腕を取って、肘《ひじ》のところでモタついていた袖をまくりあげた。見えないが、カーテンに映る影の動きでわかった。

ジジの言動を聞いていれば、痛くて寝つけなかった、という先刻の供述がただの口実に過ぎないことくらい、サスケにだってさすがにわかる。――つまり、ジジが、下心を持ってここへ来たことくらいは。

カーテンを一枚隔《へだ》てた向こう側で、ジジは鎮痛剤が欲しいだの熱がある気がするだのと、のべつまくなしに話題を振り、サクラはのらりくらりと適当にかわして治療を続けた。

「ねえ。先生って、この辺の人じゃないよね」

「どうしてそう思うの？」

「名前とか、髪の色とか。桜色の髪なんて、初めて見たよ。きれいだよね」

ジジの手が、サクラの髪をすくおうと動いたのを見て、サスケはとうとう黙っていられなくなり、ジジの手首を後ろから掴んで止めた。

サクラが、あーあ、という顔になる。

「……へ？」

突然のルームメイトの登場に、ジジは目を丸くするほかなかった。「サスケ、いたの？てか、ここで何してんの？」

「お前こそ、何しに来た」

「怪我《けが》の治療をしてもらいに。マメつぶれたところ、痛《いて》ェんだって。血は止まってるんだけど、ヒリヒリすんだよなぁ」

嘘《うそ》つけ。

「化膿《かのう》すると大変だから、これ飲んで」

サクラが、緑色の液体が入った小さなお猪口《ちょこ》を、ジジの方に差し出した。

「これなに？」

「薬草のしぼり汁。殺菌作用があるの」

「うぇえ、ひっでーにおい。どうせ殺菌効果があるモン飲むなら、酒がいいなぁ……」

「さっきの質問の答えだが、そこにいる医者はオレの妻だ」

口に含んだ緑色の液体を、ジジはぶほぉっと勢いよく噴《ふ》き出《だ》した。ぽたぽたとアゴをつたう汁をぬぐいながら、目を白黒させて、サスケとサクラの顔を交互に見つめる。

「マジで？　妻って、え、サスケが先生と結婚してるってこと？　マジで？　は!?　お前、既婚者だったの？」

「独身だなんて一言も言ってないだろう」

「いや、でもお前みたいなやつは普通独身じゃん」

どんな偏見だ。

「で、サスケの奥さんが、なんでこんなところで医者やってんだよ」

「サスケくんに会いに来たの」

サクラがしれっと嘘をついた。「刑務所と違って、ここには面会制度がないでしょ。でも、どうしてもサスケくんに会いたくて、医者として雇ってもらうことにしたのよ」

「ふーん、そうなんだ」

「驚かないな」

あっさりと納得したジジに、サスケが意外そうな視線を向ける。

「なんで驚くんだよ」

ジジは、不思議そうにサスケを見た。「別に普通の行動だろ。夫婦ってのは、いつも一緒にいるもんだし」


「ジジ。サクラがオレの妻だということは、ほかの連中に秘密にしておいてくれ」

医務室を出て長い廊下を歩きながら、サスケはジジに釘を刺した。手首には、サクラにもらった巻布をつけている。

「わかってるよ。服役囚の身内だってバレたら、先生ここにいられなくなるもんな。……しっかし、まさかサスケが既婚者だったなんてなぁ。早く言えよ、そういうことは」

「聞かなかっただろう」

「近い話題は出ただろ、絶対」

同房者たちとは毎日顔を突き合わせるので、ありきたりな話題は大体一周している。もちろん、恋人や結婚歴の有無も何度か話題にのぼっていたが、潜入中の身であるサスケは、話題に深入りすることをいつも避けていた。

「ジジ。お前には、婚約中の恋人がいるんだったな」

サスケに言われて、ジジは嬉《うれ》しそうにニヤリとした。

「あぁ。今は、烈陀《レダク》国の首都で働いてるよ。服役が終わったら、結婚するんだ」

サスケは、足元に視線を落とした。草木染の絨毯《じゅうたん》が、大きな窓から射し込む月明かりにさらされて、白っぽく輝いている。

夫婦ってのは、一緒にいるもんだし。

ジジが言った言葉を、なんとなく反芻《はんすう》した。長期任務で里の外にいることが多いサスケにとって、あまりピンとこない言葉だ。

「ジジ。夫婦は、一緒にいるべきだと思うか」

「そりゃあそうだろ」

即答だ。

「先生だって、お前と一緒にいたいから、わざわざこんな僻地《へきち》の刑務所に雇われに来たんじゃねえの」

「いや……どうだろうな。オレが、家を留守にしがちなことは確かだが」

「留守にしがちって、どんくらい？」

「長いときは、数年間一度も帰らなかった期間がある」

「まぁじで!?」

ジジの声が、大げさにひっくりかえった。

「数年って、それ、相手によっちゃ自然消滅と受け取られたって文句言えないレベルじゃね？」

「……なんでそうなる」

「なんでそうならねーんだよ」

大真面目《まじめ》に首を傾《かし》げたサスケの顔を、ジジも負けないくらい大真面目に見つめ返した。

「オレが一方的に置いていったわけじゃない。サクラは地元で必要とされていて、オレは国の外で働くことを求められているんだから、仕方がない。それだけだ。手紙のやり取りはしてる」

「いや、そうだとしてもよ……いない間に、オレみたいな悪い虫がついたらヤだなとか思わねえの？　お前らの国じゃ、指輪とかしねえの？」

ジジはサスケの顔を見つめ、本気で心配している顔で続けた。

「夫婦ってのは、いつも一緒にいるもんだぜ」

ジジの言うことが、サスケにはよくわからない。

サクラは、家族だ。どこにいたってそれは変わらないだろう、と思う。何キロ以上離れたら家族じゃなくなったとか、そういう話は聞いたことがない。イタチに対して深い憎悪《ぞうお》を抱《いだ》いていたときですら、イタチがサスケにとって兄であることには、変わりがなかった。サスケにとってサクラは家族で、一緒に生きていく相手だ。血の繋《つな》がりがなくても、毎日会えるわけじゃなくても、そこはずっと変わらない。

というようなことを思うのだが、それをわざわざ言語化してジジに伝えるのは面倒くさいし性《しょう》に合わないので、「なるほどな」と適当な相づちを打って、サスケは話題を変えた。

「天体絵図、という書物について何か聞いたことはないか」

「天体絵図?」

語尾を上げて復唱すると、ジジは「知らねえな」と首を傾げた。

「名前からすると、天文学の資料だろ。書庫にあるんじゃねえの? ペンジラに聞いてみろよ」

「なんでペンジラなんだ」

サスケが聞くと、ジジはぱちぱちと目をしばたたいた。

「え、だってペンジラじゃん。書庫担当」

三章

chapter 3

赤く澄んだ斜陽の射す中庭を突っ切って、サスケは本棟の手前にぽつんと建った書庫へと向かった。書庫への立ち入りを許可されているのは、夕食前後のこの時間帯だけだ。

錆《さび》の浮いた真鍮《しんちゆう》の扉を開けると、肩ほどの高さの書棚が整然と並んでいた。変色しやすい羊皮紙《ようひし》の文献を多く保管しているためか、建物全体が砂岩とラテライトで築かれていて、雑居棟よりもずいぶん風通しがいい。まあ、つまり寒い。しかも薄暗い。唯一《ゆいいつ》の光源は、換気用らしい小さな窓で、四角く射し込んだ陽の光が、床《ゆか》の上に等間隔に落ちている。

てっきり誰もいないと思ったが、あちこちに、床に座って本をめくる囚人たちの姿があった。字など読めない連中が多いようだが、絵を見ているだけでも楽しいのだろう。

事前の打ち合わせ通り、サクラは南側の窓に近い書棚の前にいた。サスケが近づいても視線をよこさず、本を物色するふりをしている。

サスケは適当に書庫内をうろついたあと、書棚を一つ挟んで、サクラと向かい合った。

周囲に人はいない。

「書庫担当はオレの同房だ」

手に取った本の表紙で口元を隠しながら、声を発する。短い間があいて、ぎっしり並んだ背表紙の向こうから返事が来た。

「……卓子《テーブル》に突っ伏して、居眠りしてる彼ね。ひょろっとした、短髪の」

「ギャンブル好きで、賭け事を持ちかければ必ずのってくる。まずオレが声をかけるから、お前はあとから来て誘導してくれ」

「了解」

サクラが、手に持っていた本を、ぱたんと音をたてて閉じる。サスケはそれを合図に、広げた本の上に顔面をうずめて寝こけている男へと近づき、肩を叩《たた》いた。

「ペンジラ」

「わぁっ、びっくりした!」

ペンジラが、びくりと飛《と》び跳《は》ねて目を開ける。

「珍しいね、サスケ。こんなところに来るなんて」

「お前こそ、書庫担当なんて面倒なものを引き受けているとは思わなかった」

「立候補だよ。模範囚アピールして、ワンチャン仮釈放狙ってんの。オレはお前らと違って刑期短いんでね～」

「模範囚ならもっと本を大事にしたらどうだ」

貴重な蔵書だろうに、広げっぱなしのページには、垂《た》れたよだれの染みが付いている。

「わっ、ヤベ」と、染みになった部分を袖口《そでぐち》でごしごし擦《こす》ったせいで、ページがびりっと破けてしまった。

「あぁ〜、クビナガの顔が裂けた……」

「クビナガ？」

「これ、このでっけえやつ」

ペンジラが指さしたのは、首の長い生き物の絵だった。絵の横に、ティタン、と名前が書かれている。よだれで滲《にじ》んで、しかも顔の部分が破れているのでわかりづらいが、背景に描かれた樹木と比較するに、どうやらかなり巨大な生物のようだ。

「この本、絶滅した竜獣《りゅうじゅう》がたくさん載《の》ってるんだよ。字ぃ読めなくても、見てるだけで結構面白《おもしろ》い」

サスケは、説明書きにさっと目を通した。

巨大獣《ティタン》——長い首と尾を持つ、大型の竜獣。全長約三十メートル。タタル研究所周辺の地層より、一部骨格が発掘されている。

サスケはあまり詳しくないが、かつてこの地に「竜獣」と分類される巨大生物が存在したらしいことが学者たちの間で知られている。一部の地域では「恐竜」と呼ぶんだったか。

地殻《ちかく》が隆起《りゅうき》して山脈ができる以前、このあたりは平たい湿地帯だったはずだ。その当時は、さぞたくさんの竜獣たちがこの地を歩きまわっていたのだろう。

「お前も竜獣の本読む？　オレのおすすめ持ってきてやろうか？」

「いや、それよりも、探してる本があってな。『天体絵図』という書物なんだが」

「てんたいえず？」

ペンジラは、まるで見当のついていない顔で繰り返した。「聞いたことねえなあ。蔵書目録調べりゃわかるんだろうけど、まず字読めるやつ探さなきゃ」

「オレが読める」

「まじ!?　サスケすげー！」

心から感心して、ペンジラはカウンターの奥から蔵書目録を出してきてくれた。百科事典なみに分厚《ぶあつ》く、すっかり角《かど》のめくれあがったページを束ねる蚕糸《さんし》は、すり切れて千切《ちぎ》れる寸前だ。慎重《しんちょう》に開くと、蛇《へび》ののたくったような手書き文字が、ページいっぱいに書き連ねられてある。その並びは整理されておらず、完全にバラバラだったが、天体絵図についての記述はすぐに見つかった。

最重要文献として、一番最初のページに書いてあったからだ。

「地下書架……『い24』」

蔵書場所を読み上げると、ペンジラが「あ〜、地下書架か」と残念そうに肩を下げた。

「閲覧《えつらん》は無理だな。地下にあるのは、すっげえ大事な本ばっかりなんだって。それこそ、オレたちの何十倍も値が張るようなさ。本を持ち出すどころか、勝手に入ったことがわかった時点で、問答無用の最高懲罰《ちょうばつ》」

最高懲罰というのは、つまり死ぬまでリンチだ。

「そうか、残念だな」

「面白そうな話してるわね」

小さくうなずいたサスケの背後から、通りがかりを装《よそお》ったサクラが声をかけた。

「あー、医務室の先生」

「その天体絵図って本、ちょっと興味あるかも。せっかく天文学研究所にいるんだし、星のこととか、一度きちんと勉強してみたかったの」

「そういう本なら、ほかにもたくさん置いてあるよ。天体絵図は残念だけど禁書扱《あつか》いで……」

「じゃあ、夜中にこっそり読むから、鍵貸して」

ペンジラの顔が、きょとんとなった。

「どうせなら、機密扱いのすごい本が読んでみたいの。ロマンがあるでしょ。もしかしたら、いつかこの星に隕石《いんせき》が落ちてくる日のこととか、書いてあるかもしれないし」

無邪気に話すサクラに、だめだめ、とペンジラは片手を振った。

「いくら先生が相手でも、鍵は貸せないよ。オレまで懲罰されるもん」

「じゃあ、ギャンブルで勝負するのはどう？」

ギャンブル、と聞いてペンジラの顔色が少し変わった。

「チンチロでも花札でも、あなたの得意なゲームでいいわ。私が勝ったら、地下室の鍵をちょうだい」

「いや……でも、鍵を勝手に持ち出したことがバレたら、オレまで」

「巡邏《じゅんら》はめったにここに来ないでしょ？　夜中にこっそり読んで、読み終わったらすぐに返すから」

お願い！　と、サクラが両手を打ち合わせて懇願《こんがん》する。

ペンジラはしばらく困って、「あ〜」とか「どうしよう……」とか言いながらそわそわと付近を歩きまわっていたが、やがて立ち止まり、おもむろに告《つ》げた。

「……わかった。勝負しよう」

「そうこなくちゃ！　何で勝負する？」

「チンチロはやめとくよ。サスケにボロ負けしたばっかりでツキがねえからさ。『星ならべ』にしよう」

「星ならべ？」

サクラとサスケが、そろって首を傾《かし》げる。聞いたことのないゲームだ。

「この研究所に伝わるゲーム。今、持ってくるよ」

ペンジラが奥の書棚へと引っ込んでいった隙《すき》に、サスケはサクラに声をかけた。

「サクラ、お前は相手をしているふりをするだけでいい。ゲームが始まったらすぐに、ペンジラを幻術《げんじゅつ》にかける」

「そんなのダメよ。イカサマじゃない」

サスケは呆《あき》れてサクラを見た。

「そんなことを言ってる場合か？」

「大丈夫。だてに綱手《ツナデ》様の一番弟子《でし》はやってないわよ」

綱手は賭け事に死ぬほど弱かったんじゃなかったか。

サスケの心配をよそに、サクラは自信満々だ。脱いだ白衣をサスケに押しつけると、「しゃーんなろーよ」とつぶやいて、袖をまくった。なんだかわからないが、やる気になっているようだ。

どう説得したものかと迷っているうちに、ペンジラが戻ってきてしまった。手に、金箔《きんぱく》貼りの豪奢《ごうしゃ》な箱を持っている。重《かさ》ね蓋《ぶた》を開けると、かるたほどの大きさの絵札が保管されていた。箱の大きさに対して、絵札はずいぶん小ぶりだ。

「『星ならべ』ってのは、十二種類の絵札を使って役をそろえる遊びでね」

ペンジラは床の上にあぐらをかき、札を並べ始めた。

「何か月か前、書棚の整理してた連中が見つけたんだよ。ご丁寧に説明書までついてて」

十二枚の絵札には、それぞれ違った絵が描かれている。

海を泳ぐ白馬。
カンテラの炎を見つめる猫。
オレンジ色の篝火《かがりび》。
木の枝で地面に絵を描く猿。
硝子《ガラス》玉ごしに星空を見上げる羊飼い。
壺《つぼ》の中をのぞく牛。
とろりと樹液を垂らす木の幹。
土から生まれようとしている巨人。
岩山を登る亀。

杖《つえ》をついた白髪の老人。

砂山で遊ぶ狸《たぬき》の親子。

そして、沼地を這《は》う蛙《かえる》と蛞蝓《なめくじ》。


人だったり動物だったり植物だったり、十二枚の絵札のモチーフはバラバラだ。いずれも岩絵の具とおぼしき顔料で色彩豊かに描かれている。裏面の図柄は全《すべ》て共通で、岩石に絡《から》みつくトカゲの絵があった。トカゲといえば瑪瑙《めのう》だが、何か関係があるのだろうか。

「絵札は十二種類。各五枚あるから、全部で六十枚だな。この中から最初に手札が六枚ずつ配られる。で、トランプのポーカーみてえに、配られた手札を交換しながら、『役』をそろえてくんだ。これが役のリストね。あちこち墨《すみ》が変色してるけど、読めないところは、まあ、無視で」

ペンジラが差し出した紙きれには、『役』を作る絵札の組み合わせが並んでいた。

一番強い『星』の役は、白馬、羊飼い、猫、篝火、巨人、亀の六枚……らしい。下の行にも何か書かれていた形跡があるが、墨がかすれて読めなくなっている。

星の次に強いらしい『土』の役は、猫、篝火、狸、蛙と蛞蝓、亀、老人の六枚だ。

『星』と『土』のほかにも『夕焼け』『火焔《かえん》』『晴天』『若葉』など、様々な役があるが、ポーカーと違って、それぞれの役の組み合わせには規則性がないようだ。初心者が全ての役を覚えるには、かなり時間がかかりそうだ。が――

「なるほどね、わかったわ。じゃ、やりましょ」

サクラは軽い調子で言うと、ペンジラに紙を返した。

「先生、話聞いてた？　役をそろえるゲームなんだってば。初心者はこの紙を見えるところに置いて、役を確認しながらじゃないと……」

「もう覚えた」

「は？」

サクラはペンジラの正面に正座すると、桜色の髪を耳にかけ、背筋を伸ばして居住まいを正した。猫のようなアーモンドアイをきゅっと細め、どこか挑発するように、ペンジラの顔を真正面から見つめる。

「始めましょう」

先生、なんか雰囲気がいつもと違うな。

ペンジラは、真正面に座ったサクラの表情の変化を感じて、ほくそ笑《え》んだ。

勝負の場になると雰囲気や性格が変わる人間を、これまで何度も見てきた。経験則から言えば、そういう人間はあまりギャンブルに向いていない。感情の変化を表に出さないことは、駆け引きの鉄則だ。

「札を配るのは、下座《しもざ》に座った私の役目ね」

そう言って、サクラが札を手に取る。

「あぁ。ちなみに二回目以降は負けた方が配ることになってんだけど……ま、今回は一発勝負だから関係ないか」

医者らしい器用な手つきで札を切るサクラの様子《ようす》を、ペンジラはじっと観察した。

医務室のサクラ先生は、囚人たちを人扱いしてくれるほとんど唯一の存在で、来たばかりだというのにすでに多くの囚人に慕われている。同房者からの暴力で怪我《けが》をしたやつを入院扱いにしたり、リュウマチの持病で鍬《くわ》を握れないやつの内勤申請を出したり。今のところ全て所長に却下《きやっか》されて終わっているのだが、囚人たちにとっては、先生がそうしてくれたというだけでも充分救いになった。

でも、今、目の前にいる女の顔は、優しい先生の表情とは少し違う。

サクラが床の上を滑《すべ》らせてよこす札を、ペンジラは一枚ずつ手に取って確認した。

悪くないメンツだ。六枚の手札の中に、老人と猫と亀の札が一枚ずつ入ってる。このあと、五ターンの間に、篝火、狸、蛙と蛞蝓の札をそろえることができれば、二番目に強い『土』の役が完成する。

ちらりと視線を上げると、手札を確認しながらサクラが小さく微笑《ほほえ》んだ。

「ギャンブル好きな人って、きっと頭が良い人が多いわね」

「お医者さんも同じだろ」

ペンジラは、老人と猫と亀以外の三枚を場に捨て、山札から三枚のカードを取った。二枚目の亀と、牛、そして篝火。いい流れだ。亀の単貞《ワンペア》が完成したうえに、『土』の役にも近づいた。

次は、サクラの番。

サクラは手札を一枚捨て、山札から一枚取った。そして少し迷ってから、手札をもう一枚捨てて山札を引いた。

二ターン目、三ターン目――

いつの間にか、書庫内の囚人たちが集まり始めていた。身を乗り出し、二人の勝負を興味津々《しんしん》で見物している。

そして、あっという間に最終ターン。

ペンジラは迷った。今、手元にある六枚の札は、亀、亀、老人、猫、篝火、蛙と蛞蝓。

亀を捨てて狸を引けば、二番目に強い『土』の役が完成する。しかし、それは、現状で唯一完成している亀の単貞《ワンペア》を崩す選択でもある。もし、手札にないカードを引いてしまえば、一気に役ナシだ。

さて、どうしようか――

ペンジラは、手札をにらんで考えた。

相手は、さっきルールを知ったばかりの超初心者だ。『星』や『土』のように複雑な組み合わせの役を、きっちり覚えて狙ってくる可能性は低い。おそらく単貞《ワンペア》や三叉《スリーカード》など、単純な絵柄の組み合わせで来るはず。

それならこっちは、亀以外の全てのカードを捨ててみようか。もう一枚亀を引ければ、一気に三叉《スリーカード》。亀でなくても、同じ札を二枚引ければ双貞《ツーペア》だ。

無理して『土』をそろえることたねえか。ここは守っとくのが正解だ。

そう決めて、四枚のカードを一度に捨てようとして、目の前のサクラとふと目が合った。

「ゆっくり考えていいわよ」

小首を傾げて、優しく言われる。バカにされたように感じて、カチンときた。

作戦変更だ。三叉《スリーカード》か双貞《ツーペア》狙いなんて、ぬるい勝負はしてやんねえ。『土』を完成させて、泣かしてやる。

せっかく単貞《ワンペア》がそろった亀を捨て、山札から一枚を引く。このカードが狸なら、『土』の役が完成。ただし——手札にないカードなら役ナシだ。

引いたカードの図柄を確認して、ペンジラは飛び上がりそうになった。

——やった！

カードに滲んだ墨が表現するのは、砂山で遊ぶ狸の親子。二番目に強い『土』の役が完成したのだ。

「私は、交換はナシでいいわ」

サクラも、なにがしかの役を完成させたようだ。

これで、五ターン全てが終了した。

いよいよ、ショウダウン。

お互いの手札を開示して役をぶつけあう、決戦の瞬間だ。

「せーんせーい、泣くなよ」

うかれた声で言うと、ペンジラは自分の手札をザッと広げた。

ギャラリーたちの視線が、六枚の絵柄に順番に吸い寄せられる。完成したのが『土』だといち早く気づいた男が、ヒュッと息をのんだ。

「いきなり『土』かよ……」

「それは強いのか?」

サスケに聞かれ、男はぶんぶんとうなずいた。

「二番目に強《つえ》ぇ役だ。あれに勝つには、一番強い『星』の手札を出すしかない。でも『星』と『土』は絵札がかぶってるだろ。ペンジラが『土』を完成させている以上、先生が、このタイミングで『星』を完成させてる可能性は低い」

ということは、サクラの負けか。

サスケは、あくまでポーカーフェイスを貫《つらぬ》く妻の横顔をじっと見つめた。

サクラの指が、手札を開く。一枚目――狸。

ギャラリーの間から、ため息がいくつか漏《も》れた。『星』の役に、狸は含まれない。この勝負はサクラの負けだ。

仕方ない。ゲームは運だ。ここにいる連中全員に幻術をかけて、その隙に蔵書をかっぱらおう。そう決めたサスケの瞳に、ゆっくりと赤い光が滲んでいく。

そのとき、サクラがニヤリと微笑んだ。

白い指先が、残り五枚のカードを、順にめくっていく。亀、老人、猫、篝火、そして、蛙と蛞蝓。この組み合わせは――

「『土』!」

ギャラリーの誰かが、息をのんで叫んだ。

床の上で二列に並んだ、同じ組み合わせのカード。サクラの役も、ペンジラと同じ『土』。つまり引き分けなのだが――めったに出ない『土』の役を両者同時にそろえるなんて、そんなことがあり得るだろうか？

「イカサマだろ……」

「あら。じゃあ、ボディチェックでもする？」

つぶやいたペンジラに向かって、サクラは軽く両腕を広げ、摑《つか》みどころのない柔らかさで小首を傾げてみせた。桜色の髪が、頰《ほお》を撫《な》でてさらさらと零《こぼ》れ落ちる。青みがかったグリーンの瞳に挑発的に見つめられ、ペンジラは言葉を失って黙り込んだ。

イカサマは、現行犯でトリックを指摘できない限り、不問――それが、ここのルールだ。


ゲーム開始から三十分。

ペンジラは、背中を汗でびっしょりと濡《ぬ》らしていた。

扇形に開いて持った六枚のカードの向こう側で、桜色のまつ毛に縁《ふち》どられた瞳がこちらを見つめている。目が合いそうになって思わず視線を下げれば、こめかみをつたった汗が、ぽたりとカードに染みを作った。

ここまでの戦績は――五回勝負して、０勝０敗。五回とも、引き分けだったのだ。後攻のサクラは、もう五回連続で、こちらと同じ役を作ってみせた。

そんなこと、ありえない。どう考えてもイカサマをしているはずだ。

そう思って、サクラが札に触れるたびに目を皿のようにして凝視しているのだが、不審なそぶりが全《まった》くない。それに、もし仮に、なんらかの方法でカードをコントロールしているのなら、なぜさっさと勝たずに、毎回引き分けに持ち込むのか。

「さあ、ショウダウンね。あなたからよ」

サクラの凜《りん》とした声が響《ひび》く。

――今度こそ決着がつきますように。

祈りながら、ペンジラは、手札を広げた。

老人、羊飼い、狸、狸、亀、亀。

動物を二枚ずつそろえた組み合わせは、『双瑛《ティーア》』と呼ばれる役だ。『双貞《ツーペア》』の上位互換だが、もはや役の強さは気にならなかった。もう、勝敗がつくなら、なんでもいい。

「また引き分け。偶然ね」

サクラが、全てを見透かすように微笑して、カードを広げる。

ペンジラの身体《からだ》から、どっと力が抜けた。

老人、羊飼い、狸、狸、亀、亀。サクラが並べた六枚のカードは、鏡に映したように、ペンジラと同じ組み合わせだ。また。

「ドロー……」

ペンジラが、胸から重い息を吐き出す。

「すごい偶然。私たち、気が合うのね」

これで、六度目の引き分け。サクラは、そろえた山札の束をトントンと床に打ちつけてそろえると、シャッフルしながら小さく笑って聞いた。

「まだやる?」

「やんない。オレの負けだ」

唐突に宣言して、ペンジラは立ち上がった。

これ以上やっても、どうせ結果は同じだ。オレは、この女に、勝てもしなければ負けもしない。真綿で首をくくられた犬のように、遊びながらじりじりと消耗させられるだけ。

「待ってて」

そう言い残して、書棚の奥に引っ込んだペンジラは、指の先に真鍮の鍵を引っかけて戻ってきた。

「ほら。これが地下書庫の合鍵。用が済んだらすぐ返してよ。なくなってるのがバレたら、書庫担当全員、最高懲罰だから」

「必ず返すわ。ありがとう」

サクラが鍵を受け取ろうとすると、ペンジラはひょいと手を引っ込めて「言っとくけど」と付け足した。

「目録にタイトルが載ってたとしても、天体なんちゃらが確実に保管されてるとは限らないからね」

「どういうこと？　その目録は、ここにある本をまとめたものでしょ？」

「そうだけど、だからって確実に保管されてるとは限らないんだよ。この研究所が整備されるまで、蔵書が王宮で管理されてたのは知ってるだろ。その間に、結構な数の本がなくなってんの」

そういうことは早く言え。

サスケの非難がましい視線の意味を勘違いしたのか、ペンジラは「ひどい話だよね」と小さく肩をすくめた。

「王宮の連中、どれだけ貴重な本かわかってなかったんだろうなぁ。十何年か前に、どっかの国の使者が特定の書物だけごそっと持ち帰った記録があるらしいんだけどさ。いまだに、一冊も返ってきてないんだって」

「特定の書物?　って、どんな?」

　サクラが聞く。

「昔話に出てくる六道仙人《りくどうせんにん》っているでしょ。あいつの時代から伝わる禁術の本だよ。門外不出のはずが、先王がお人好しでホイホイ貸しちゃったんだって。使者の名前がまた変わってたな。確か、オロチマルとか……」

　思いがけない名前に、サスケとサクラは顔を見合わせた。たまたま同名の別人だろう、とも言いきれないのが大蛇丸《オロチまる》だ。あの神出鬼没《しんしゆつきぼつ》の蛇男なら、火《ひ》の国から遠く離れたこの国のことまで把握していたとしても不思議はない。

　しかし、もしそうだとしたら——一体やつは何を求めて、はるばる烈陀国《レダク》までやって来たのだろうか。


　その夜。

　サスケは、ジジたちが寝静まるのを待ってこっそりと房を抜け出し、中庭に出た。書庫の前で、サクラと落ち合う。

「鍵は持ってきたな？」

サスケが聞くと、サクラは顔の横で銀色の鍵を振って、「もちろん」とうなずいた。これから、地下室に天体絵図を取りに行くのだ。――無事に、見つかるといいのだが。

真鍮の錆《さ》びついた扉を押し開け、書庫の中に入る。後ろ手に扉を閉めると、もう真っ暗になった。書庫には照明がない。二人は、それぞれの手のひらの上で火遁《かとん》の炎を熾《おこ》し、明かりを頼りに奥へと進んだ。

「ねえ、ジジはちゃんと夜、眠れてる？」

サクラが、だしぬけに聞いた。

「オレが房から抜けたときにはグースカ寝てたが。なぜそんなことを聞く」

「最近、よく医務室に来るのよ。頭が痛いとかお腹が痛いとか、何かと理由をつけて。診察しても異常は見つからないから、作業をサボりたい口実だとは思うんだけど、ちょっと心配で」

「仮病だろう。ピンピンしてるぞ」

言いながら、サスケは自分の胸の奥が妙にけばだつのを感じた。

いくらジジでも、まさか、サクラがサスケの妻と知りつつ手を出したりはしないだろう。しないはずだ。そう信じたい……が。

――いない間に、オレみたいな悪い虫がついたらヤだなとか思わねえの？

ジジの言葉が、妙に嫌な予感を伴《ともな》って耳の奥に甦《よみがえ》り、サスケはぴたりと立ち止まった。

「ん？　どうしたの？」

サクラが、不思議そうに足を止める。

サスケは無言で振り返ると、サクラの指を握り込み、薬指の付け根に触れてチャクラを練《ね》った。チャクラは実体化して砂へと変化を遂《と》げ、サクラの薬指の周囲に土星の輪のようにまとわりついていく。瞬《まばた》きする間に完成した砂の指輪は、最後にキィンと澄んだ音を鳴らして、砂から銀へと変化した。

「つけてろ」

不機嫌そうに言って、サスケが手を放す。

「これ……」

サクラは指を広げ、突然出現した薬指の指輪を、ぱちぱちと瞬きして見つめた。

銀色に輝くリングはシルバー。そして、石座に嵌《は》まる大きな赤い宝石はルビー。どちらも、土遁《どとん》の土に含まれる物質の純度を、限界近くまで高めることで生成される物質だ。サスケは器用にも、土遁術を応用して即席の指輪を作ってみせたらしい。

――薬指につける指輪は、既婚者の証《あかし》。

「ありがとう」

はにかんで言ったサクラの声が聞こえなかったみたいに、サスケはそっけなく背中を向けて歩き始める。

すぐ後ろを歩きながら、サクラは熱くなった頰《ほお》を手のひらで押さえた。即席の指輪は少しいびつで、それでも輝きは星よりも水よりも澄んで美しい。自然産出されるどの宝石よりも優れているであろう純度と透明度は、サスケによる本気のチャクラコントロールの賜《たま》物《もの》だ。

……サスケくん、もしかして妬《や》いた？

などと口に出して聞けば、サスケがますます口を閉ざすのはわかりきっていたので胸の中にしまっておくことにする。

薬指を飾る赤い石を見つめ、サクラはこそばゆそうに、目を細めた。

しばらく無言で暗闇《くらやみ》を進むと、書庫の奥にある扉に行きついた。ペンジラから借りた鍵を突っ込むと、カチンと音をたてて中のバネが上がり、鍵が開いた。

「……昨日《きのう》の、ペンジラとの星ならべだが」

扉を押しながら、サスケはぎこちなく切り出した。

「どうやって勝ったんだ？」

「あ、えーとね……」

つい薬指の指輪を見つめていたサクラは、慌《あわ》てて手を下ろし、ゆるんだ口元を引きしめた。「イカサマは、してないよ。ものすごく頑張っただけ」

「頑張ったって、何をだ」

「暗記」

扉の向こうにあったのは、地下室への階段だ。煉瓦《れんが》の階段を一段ずつ下りながら、サクラは「あのカード、全部、すごく古びてたでしょう」と続けた。

「端がよれてたり傷がついてたり、一枚一枚微妙に違ったから、カードの絵柄を確認するふりをして最初に全部暗記したの」

「六十枚、全てか？」

「うん。でも、序盤は何枚か記憶が怪《あや》しかったから、ハラハラしちゃった。この技ね、師匠と修業してたときに覚えたんだよ」

サクラの声が、懐《なつ》かしげになる。

「綱手様って、賭け事にすっごく弱いのに、負けず嫌いでしょ。だから、最初は気を遣《つか》ってわざと勝たせてたんだけど、そうすると調子に乗っていつまでもゲームを止《や》めようとしないのよ。でも、引き分けが続くとつまらなくなるみたいで、青ざめた顔で『もうやめよう』って言いだすの」

……それは多分、つまらなくなったからではなく、怖くなったからではあるまいか――と、口に出して言おうかどうしようか迷っている間に、階段が終わった。

蜘蛛《くも》の巣だらけの書架に、大きいのやら小さいのやら巻物やら綴本《とじほん》やら、種類も大きさもバラバラな資料が無造作に突っ込まれている。閲覧禁止で厳重な管理下に置かれているわりには、あまり大事にされていないらしい。

罠《わな》が仕掛けられてはいまいかと、サクラは書庫の壁に触れて、建物の表面に這わせるようにしてチャクラを放出した。広がっていくチャクラの動きを把握することで、おおまかにだが、建物全体の構造を探ることができるのだ。

「……あれ？」

「どうした」

「あの壁の向こうにもう一つ部屋があるみたい」

サクラは、奥の壁に視線を向けた。本棟のある方角だ。

目を閉じて、チャクラの流れにさらに集中する。無機物にチャクラを通して建造物の構造を探る技術は、チャクラコントロールの得意なサクラならではだ。

「螺旋《らせん》階段だわ。四階の……所長室と繋《つな》がってる」

「本棟の階段に、一階より下はなかったはずだが……隠れた地下室があって、この書庫の地下室と壁一枚で繋がっている、ということか」

所長室からしか行けない地下室。要は隠し部屋だ。

「怪しいな。何か大切なものを隠していそうだ」

「あとで調べてみましょ。……隠してあるものが、極粒子絡《きよくりゆうし》みだといいんだけど」

謎《なぞ》の地下室の存在は気になるが、今は天体絵図を手に入れる方が先だ。サクラは壁から手を離し、低い書架の間をうろついて、目録にあった書棚を探した。

「あった、これだわ。天体絵図」

『い』の書棚から引っ張り出してきたのは、肩幅ほどもある大きな合本だ。無地の表紙は、暮れなずんだような深い青色をしている。触《さわ》ると少しザラついているのは、砕いた鉱物を使った顔料が使われているのだろう。背表紙には確かに『天体絵図』の四文字が金箔でかたどられていた。

「この本が、何かの手がかりに繋がればいいんだけど……」

つぶやいて、表紙をめくったサクラの手が、はたと固まった。

「……サイ?」

サクラの背後からページをのぞき込んだサスケが、思わず里の仲間の名をつぶやいたのは、自然な連想だ。

水墨画だった。

砂山でじゃれあう狸の親子の絵が、流れるような筆致で描かれている。

紙に鼻先を近づけると、ニカワの青臭《あおくさ》いにおいに混じって、焦《こ》げた油の香りがした。サイと任務に就《つ》くたびに、何度もかいだにおいだ。油煙から作った墨を水で薄めて描く水墨画は、まさしく、火の国に伝わる画法と同一のもの。

しかし、二人の知る限り、墨を使った画法は烈陀国《レダク》に存在しないはずだった。

「この書物は……もともとこの国の外で作られたということか? あるいは、国外の人間が、ここへ来てこれを描いたという可能性もあるな」

「大昔に国外からこの地にやって来て、滞在していた人間……」

二人の頭には、同じ人物が浮かんでいた。

六道仙人。

彼がこの地でこの絵を描いた。その後、水墨画の技法は火の国を含む各地に伝わり現在まで伝承されたが、烈陀国《レダク》では次第《しだい》にすたれてしまった——仮説の一つだが、この天文学研究所が長年忘れ去られていた史実を鑑《かんが》みれば、ありえない話ではない。

最初のページに描かれていたのは、砂山で遊ぶ狸の水墨画。

そして、次のページには、巨人が描かれていた。その次は篝火、その次は猫、そして、猿、牛、老人、羊飼い——

最後のページまで確認して、サスケはつぶやいた。

「星ならべのカードの絵柄と同じだな」

砂山で遊ぶ狸の親子。土から生まれようとしている巨人。オレンジ色の篝火。カンテラの炎を見つめる猫。木の枝で地面に絵を描く猿。壺の中をのぞく牛。杖をついた白髪の老人。硝子玉ごしに星空を見上げる羊飼い。岩山を登る亀。海を泳ぐ白馬。沼地を這う蛙と蛞蝓。とろりと樹液を垂らす木の幹。

確かに、十二ページにわたって描かれた水墨画のモチーフは、全て、星ならべの絵札と一致している。

「でも、わからないわね。この十二枚の水墨画が、極粒子の在処《ありか》とどう繋がるのかしら……」

墨の染みた紙をなぞっていたサクラは、ふと手を止めた。

よく見れば、それぞれの絵のあちこちに、筆の先で描いたような小さな点が散っている。

ているようだ。

そして、狸や亀などそれぞれのモチーフは、点同士を結んだ線に重なるようにして描かれ
「……これ、ただの水墨画じゃない。星座図だわ」

「星座？」

「星の並びを、植物や動物に見立てた図柄のこと。ほら、火の国にもあるでしょ。おうし座とかおひつじ座とか……サスケくんは、七月二十三日生まれだから、しし座ね」

説明しながら、サクラは蛞蝓の絵が描かれたページを開いた。蛞蝓の頭から生《は》えた触角の、ちょうど先端にあたる部分に、小さな点が五つ、ジグザグに並んでいる。

「見て、五つの点。北斗《ほくと》五星の並びにそっくり」

北斗五星とは、春から夏にかけて見える五つの星列の名だ。つづらに折れた特徴的な並びは、確かに、絵の上の点々と一致しているように思われた。

「なるほど……。北斗五星が観測できるのは、春の終わりから夏にかけてだな。この蛞蝓は、その期間のどこかを表す星座というわけか」

「水墨画はちょうど十二枚あるから、もしかしたら、一月から十二月までそれぞれの月の空に浮かぶ星座を描いたのかもしれないわね。星座を順番に並べ替えてみたら、何か新しい手がかりがわかるかも」

「並べ替えか。手間取るな」

この場所は火の国からかなり距離がある。ここでの星の見え方は、火の国とはかなり違うはずだ。眉をひそめたサスケに、サクラは「あら、大丈夫よ」と軽く言って、部屋中に積み上がった資料を見渡した。

「ここには、天体観測の記録がたくさん保管されてるもの。二日もあれば、過去の観測記録と照らし合わせて、水墨画が描かれた順番を特定できると思うわ。月ごとに並び替えて、ね」

「頼もしいな」

素直に感心して、サスケは閲覧台の上の天体絵図をめくった。

サクラに任《まか》せておけば、水墨画の描かれた時期や順番は特定できるだろう。しかしそれ以上に、サスケはモチーフに選ばれた動物たちのメンツに、引っかかりを覚えていた。

巨人。

狸。

猫。

猿。

牛。

亀。

白馬。

蛙と蛞蝓。

そして、羊飼いと老人。木の幹と篝火。

この顔ぶれを、どこかで見たような気がする。星ならべの絵札じゃない。もっと昔に、どこかで……老人や猫や亀や猿がそろった光景を、目にしたような。

「サスケくん、どうかした？」

「いや……」

本を閉じようとして、サスケは裏表紙に何かが挟まっていることに気づいた。

「ん」

四つ折りになった藁半紙《わらばんし》だ。短い文章が、崩し字で殴《なぐ》り書《が》きされている。

×月×日　星が増えた

不可解な記述。

しかし、二人の目が引き寄せられたのは、文章ではなく、その下に描かれた図形の方だった。

それは、あまりに見慣れた象形だった。木ノ葉隠《こ　は　がく》れの里において一人前と認められた忍《しのび》の誰もが、この印を身に着ける。それも、全身の中で最も目立つ場所に。

忍が頭の上に木の葉を置いて、エネルギーを集中させる修業をしたことに由来する象形だと、アカデミーで習った。落ち葉と渦巻きを組み合わせた、木ノ葉隠れの里のシンボルマーク。

「なんで……木ノ葉のマークが、こんなところに？」

二人は、言葉を失って、顔を見合わせた。

自分たちの里の象形が、遠く離れた天文学研究所で発見された。それも、遠い昔に書かれた天文学の資料の中で。

星が増えたという言葉、木ノ葉のマーク、そして天文学研究所。あまりにバラバラな三つの要素を繋ぐものを、サクラもサスケも見つけられずにいた。


翌朝。

食堂へ行く途中の廊下ですれ違いざまに、サクラが手の中に紙きれを押しつけてきた。

ひとけのない場所へ移動して広げてみると、昨日の星座図が月ごとに並べ替えられている。どうやら一晩で、各星座の観測時期を特定してしまったらしい。

一月　砂山で遊ぶ狸の親子
二月　カンテラの炎を見つめる猫
三月　岩山を登る亀
四月　木の枝で地面に絵を描く猿
五月　海を泳ぐ白馬
六月　沼地を這う蛙と蛞蝓
七月　とろりと樹液を垂らす木の幹
八月　壺の中をのぞく牛
九月　オレンジ色の篝火
十月　土から生まれようとしている巨人
十一月　硝子玉ごしに星空を見上げる羊飼い
十二月　杖をついた白髪の老人

動物は、一月から八月までに集中している。九月は篝火――炎。十月は巨人。そして、十一月と十二月は人間だ。羊飼いと老人。

メモの裏側には、短いメッセージが走り書きされていた。

明日、十四時に書庫で。

四章 chapter 4

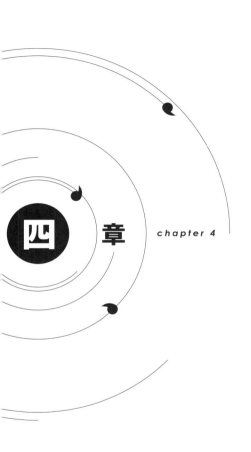

今日も、囚人たちは疲れきった顔で、作業場へと向かっていく。

毎日、日の出とともに叩《たた》き起こされ、出された飯を食って労働に出かけ、陽が沈む頃には夕食と風呂を終えて自分の房に戻る。傍《はた》からはおよそ自由のない生活に見えるだろうが、きっちり決められたスケジュールの合間を縫って、誰もが自分だけの遊びを持っていた。

ひととき、権力の支配から自由にしてくれるもの。

ペンジラにとってはギャンブルが、ガンノにとっては爪に描く絵がそうだった。

そして、ジジにとっての遊びは、瑪瑙《めのう》のシフト当てゲームだ。

「お、やった。今日も当たりー」

ギシ、と廊下の床板《ゆかいた》がきしむ音を聞くなり、ジジは諸手《もろて》を上げてはしゃいだ。

「これで十日連続的中~」

「ジジの勘もバカにできないな。瑪瑙が夕方に姿を見せるのは三日ぶりか」

そう言うガンノは、相変わらず背中を丸めて、全神経を足の指の爪に集中させている。

夕方、瑪瑙が雑居棟へ見回りに来るか否《いな》かを当てる——次に来るのは男でしょうか女でしょうかと街中《まちなか》で予想するような、毒にも薬にもならないヒマつぶしだが、ジジの予想が不思議と的中するので、ガンノもペンジラもこの記録がいつまで続くかとささやかに注目していた。毎日毎日決まった時間に決まった顔を見せる巡邏《じゅんら》と違って、瑪瑙の見回りは気まぐれだ。

「動物のことは、結構わかんだよ。恋人の趣味が乗馬だったから、色々教えてもらってさ」

瑪瑙が近づいてくる気配を察して、ペンジラはそそくさと、房の隅《すみ》の方へ移動した。博《ばく》打《ち》好きのくせに小心者の彼は、瑪瑙を見るのも嫌なのだ。

「ジジ、よく瑪瑙使ってゲームなんかできるな。怖くねえの？」

「バーカ、大丈夫だよ。瑪瑙は規則に違反しない限り、攻撃してこないから」

房内に置いた行灯《あんどん》の明かりの中に、すっと大きな影が入り込む。いかにも番人らしく、のっしのっしと大股《おおまた》に歩いて、瑪瑙が姿を見せた。

「ほら、見てろ」

ジジはそう言うと、ガンノが筆代わりにしている木の枝を一本摑《つか》んだ。鉄格子の隙間《すきま》から差し出し、瑪瑙に向かって葉先をゆらゆらと振る。

瑪瑙の視線が、枝へと向く。枝の動きに合わせて、黄色い瞳もゆらゆらと揺れた。おいで。ジジが、友好的にささやく。

瑪瑙が、ゆっくりと、鉄格子の方へにじり寄ってきた。ぐぅと喉《のど》を鳴らし、鼻先を揺れる葉先に擦《こす》りつける。まるで、猫が猫じゃらしに甘えるみたいに。

「ほんとに来た……」

ペンジラが、啞然《あぜん》としてつぶやいた。「え？　なんで？」

「コイツ、よく扁桃《アーモンド》の木の下で丸まってるだろ。実を食うわけでもないのに。きっと、においが好きなんじゃねえかな。多分、さわれるぜ」

視線を向けられ、ペンジラは「え!?　オレ？」と飛び上がった。

「ムリムリムリ、絶っ対ムリ！　腕持ってかれたくねーし」

「じゃあ、サスケ」

「右腕までなくなったら困る」

「お前ら、つれねえなあ」

ため息をついて、ジジはガンノの方を見た。

「本当に大丈夫なんだろうな……」

訝《いぶか》しがりつつも、ガンノは筆を置いて腰を上げた。日に焼けて痩《や》せた腕を、鉄格子の隙間からそうっと差し出す。節ばった指の先が、瑪瑙の平らな額《ひたい》へと伸びた。鱗《うろこ》のような硬い皮を、二、三度撫《な》でる。瑪瑙の細い瞳が、心持ち、くるりと丸くなった。

「おぉ……すげえ」

ペンジラが目を丸くして感嘆した。

「サスケ、お前もやるか?」

「いや、やめておく」

ガンノに聞かれて、サスケは小さく首を振った。もしも瑪瑙がサスケに腹を切られたことを覚えていたら、仕返しとばかり嚙《か》みつかれるかもしれない。

「オレ、ちょっとやってみよっかな……」

ペンジラがおもむろに立ち上がった。ガンノが成功したのを見て、自分でもやってみたくなったらしい。

「ほれ」

と、ガンノがペンジラに場所を譲る。ペンジラは及び腰でにじり寄り、格子を摑んだ。つまさきが、わずかに部屋と廊下の境からはみ出た。

途端、瑪瑙がギンと目を見開いた。

「戻れ!」

サスケが動くより先に、近くにいたジジが、ペンジラの肩を摑んで勢いよく引き戻した。と同時に、飛びかかってきた瑪瑙が、鉄格子にガシャンと激突する。格子の隙間から、瑪瑠の鉤爪《かぎづめ》が、近くにあった行灯をはじいた。

「ギャンッ！」

熱くなった油をまともに腹に浴び、瑪瑙は悲鳴をあげて飛びのいた。そのまま、逃げるように廊下を走り去っていく。行灯の皿は破片になって散らばったが、炎は幸《さいわ》い何かに燃え移ることもなく、冷たい床の上で勝手に消えた。

床の上でひっくりかえったペンジラは、蒼白《そうはく》になって身体《からだ》を起こした。

「おわー……びびったぁ……」

「びびったのはこっちだよ、バーカ」

ジジに頭をはたかれ、ペンジラはやっと気が抜けたのか、今さらガタガタ震えだした。

「あいつ……なんでいきなり飛びかかってきたんだ？　直前まで大人《おとな》しくしてたのに」

「足だ。房からつまさきが出てた」

サスケが、皿の破片を拾いながら答えた。就寝前の自由時間は、房内にいる限りは何をしようと自由だが、房の外へ一歩でも踏み出した瞬間に規則違反になる。

「えー、そんなことで？　手は出してもいいのに、足はダメなのか？」

「部屋から『出る』のがダメなんだろ。『出る』の基準が、瑪瑙にとっては足が床についたかどうかなんだろうよ」

ジジが言うと、ペンジラは「そっかー」と納得してうなずいた。

「ありがとう、ジジ。お前がいなきゃ、瑪瑙に顔削られて死んでたよ」

「オレより瑪瑙に謝っとけよ。油かかったとき、すげえ悲鳴あげてたぞ」

「私にも謝れ。まったく、貴重な油を無駄にしおって……」

ガンノは床に這《は》いつくばって、いまいましげに、こぼれた油を半紙に吸わせている。サスケは、皿に油を注ぎ直し、火打石を使うのが面倒だったので周《まわ》りが見ていない隙に千鳥《ちどり》の火花で着火した。

油を吸った芯の先で、橙色《だいだいいろ》の炎がちろちろと揺れる。火影《ほかげ》から連想して、サスケは里にいるナルトのことを思った。そして、九喇嘛《クラマ》も。

「お前ら、なんかやったか？　すごい音がしたぞ」

巡邏が、物音を聞きつけてやってきた。ジジとペンジラが口裏を合わせて、ちょっと喧《けん》嘩《か》しただけだとごまかしているのをよそに、サスケの目は行灯の炎に吸い寄せられた。

十二枚の星座の中に、篝火《かがりび》をモチーフにしたものがあった。天体絵図では墨《すみ》一色だったが、星ならべの絵札では、橙色の色彩でなまなましく色づけられて、九喇嘛《クラマ》の体毛の色にそっくりだった。燃え上がる炎のフォルムは、まるで九本の尾を広げていたようで――

まるで？

サスケは、瞬《まばた》きして行灯の明かりを見つめた。酸素を舐《な》めて命を保つ、橙色の小さな熱と光。目の前の小さな炎は、絵札に描かれた篝火とは似ても似つかない。同じなのは色だけだ。酸素と結合する、燃焼反応の光のオレンジ色。

この世に存在するオレンジ色のものは、炎だけじゃない。絵札に描かれた九月の星座は、本当に篝火だろうか。

もしもあれが、篝火でなく、九本の狐の尾だとしたら――?

◆

「尾獣《びじゅう》だ」

十四時。書庫。

作業を抜け、西側の書棚でサクラと落ち合ったサスケは、開口一番でそう告《つ》げた。

「……え?」

前置きも枕詞《まくらことば》もすっ飛ばしてのいきなり本題。サスケのまっすぐさには慣れているサクラも、さすがに反応が一呼吸後《おく》れた。

「天体絵図の星座の話だ。十二の星座のうちの十は、尾獣たちを表してる」

「……あっ」

砂山で遊ぶ狸《たぬき》の親子は、一尾《いちび》。化け狸の姿をした尾獣の守鶴《しゆかく》。

カンテラの炎を見つめる猫は、二尾《にび》の又旅《またたび》。

岩山を登る亀は、三尾《さんび》の磯撫《いそぶ》。

木の枝で地面に絵を描く猿は、四尾《よんび》の孫悟空《そんごくう》。

海を泳ぐ白馬は、五尾《ごび》の穆王《こくおう》。

沼地を這《は》う蛙《かえる》と蛞蝓《なめくじ》は、六尾《ろくび》の犀犬《さいけん》。

七番目の星座は、木の幹だ。

「七尾《しちび》の重明《ちようめい》は、兜虫《カブトムシ》だったな」

サスケは、天体絵図を閲覧《えつらん》台の上に広げ、該当の星座を参照した。よく見れば、幹の中ほどには大きな虚《うろ》があって、そこから垂《た》れた樹液に兜虫が群がっている。

「ええ。この星座は、樹木そのものじゃなくて、そこに群がる兜虫を表していたのね」

壺《つぼ》の中をのぞく牛は、八尾《はちび》の牛鬼《ぎゆうき》。牛がのぞく壺は、蛸壺《たこつぼ》を表していたのだろう。

篝火に見えたのは、九本の尾を持つ狐《きつね》。九尾《きゆうび》の九喇嘛《クラマ》の後ろ姿。

そして、十月の星座──土から生まれようとしている巨人は、十尾《じゆうび》だ。

「とすると、残りの二枚は──」

杖《つえ》をついた白髪の老人と、星空を見上げる羊飼い。

「六道仙人《りくどうせんにん》と、天文学者タタルか」

「おそらく」

六道仙人が十尾のチャクラを九つに分けたのは、死の間際《まぎわ》だと言われており、天体絵図が描かれたあとのことだ。九体の尾獣の姿が、この星座図の動物たちと関係があるのかは定《さだ》かではない。

いずれにせよ六道仙人は、十匹の獣に自分とタタルを加えて、わざわざ星座の数が十二個になるよう調整していたことになる。当時から現在と同じ暦が使われていてその月数に合わせたのか、それとも、十二という数字に何か別の意味があるのか――

「……それで、サクラ。お前がオレを書庫に呼んだ用件はなんだ」

そうだった、とサクラが天体絵図から顔を上げる。

「あのね、ザンスールの部屋に忍び込むチャンスが来たの。今日、この研究所に、首都からの使者が来るんだって」

「首都――宰相《さいしょう》か？」

「ええ」

烈陀《レダク》国の宰相については、カカシから情報を得て多少知っている。女王マナリと結託して、他国に戦争を仕掛けようと計画しているはずだ。その宰相が、所長にわざわざ使者を送ってくるとは、一体何の用だろうか。

「これはチャンスよ。使者になりすまして、ザンスールと面会するの」

◆

ようやくたどり着いた天文学研究所の正門の前で、フンダルは汚れたマントを脱いだ。

目の前には、視界を遮《さえぎ》る高い塀《へい》。そして、鉄格子で何重にも守られたいかめしい正門。くぐもった日差しを浴びて、煉瓦《れんが》造りの建物は全体が灰色にくすんでいる。首都周辺ではもうたんぽぽが咲き始める時期だというのに、このあたりは春の訪れとは無縁だ。

空気を吸っているだけで気が滅入る。

宰相から預かった伝言を渡したらさっさと帰ろう、と心に決め、フンダルは取り次ぎを頼んだ。

「ようこそ、いらっしゃいました」

てっきり、強面《こわもて》の巡邏に迎えられるものだと思っていたのだが、姿を見せたのは若い女性だった。桜色の髪に翠玉色《すいぎょくいろ》の瞳という色彩のせいか、淀《よど》んでいた空気が急に華《はな》やいだ気がする。

「あ……烈陀国《レダク》首都より、宰相殿から所長ザンスール様へ、言伝《ことづて》を持ってまいりました。官僚のフンダルです」

フンダルは、公式の使節の証《あかし》である、バカでかい鷹《たか》の彫刻がついた杖《つえ》を女性に見せた。

「伺《うかが》っております」

女性がにっこりと微笑して続ける。「長旅でお疲れのところ恐縮なのですが、すぐに面会していただけますか？　ザンスールは多忙にしておりまして。今ならちょうど、手が空《あ》いておりますので」

「もちろんです」

女性に案内され、本棟へと入る。

「宰相様からのご用件は、どのようなものなのですか？」

世間話のような口調で自然に聞かれ、フンダルは「さあ」と首をひねった。

「私も詳しくは知らないのです。ただ、宰相殿からは『進捗《しんちょく》』を聞いてくるように、と言われております」

「進捗？　何についての進捗ですか？」

「わかりません。そう言えばわかる、としか」

運ぶ荷物や手紙について何も聞かない、というのは、使節の基本だ。

「ザンスール様にお会いになるのは、初めてですか？」

無言にならないよう気を遣《つか》ってくれているのか、女性はさらに質問を重《かさ》ねた。

「正式には。ただ、宮殿においでになったときに、何度かお見かけしたことはあります」

「そうですか。最後にザンスール様が首都を訪問したのは、いつでしたっけ」

「去年の夏ですね。宰相を訪ねて首都にいらっしゃったときに。私の妻は王宮で侍女として働いておりまして、ザンスール様の担当につかせていただいたんですよ」

とりとめもない話をしながら、長い廊下を歩く。

通されたのは三階にある広い部屋で、入るなり、埃《ほこり》のにおいがむんと鼻孔に押し寄せた。

あちこちに、おそらく天文観測に使うとおぼしき道具が並んでいる。いくつもの歯車を組み合わせた時計のような円盤やら、赤い星をぐるりと取《と》り囲《かこ》む謎《なぞ》の星々の天体模型やら。ここが天文学研究所であることを考えれば、この部屋の存在自体は自然だが、とても客人を通す応接間には見えない。

「あの、ザンスール様は……？」

不安になって、フンダルは自分をここへ連れてきた女性の方を振り返った。

「今、まいります」

トンと誰かに首筋を叩かれ、フンダルはそのまま眠るように意識を失った。

「これでよし、と」

変化《へんげ》の術で、フンダルそっくりに変化したサクラは、腰に手を当ててサスケの方を振り返った。

「じゃ、次はサスケくんの番ね」

「オレも変化するのか？」

「その方が確実でしょ」

作戦はシンプルだ。

サクラが宰相の使者になりすまし、ザンスールと面会して、天体絵図や宰相の企《たくら》みに関する情報を引き出しながら時間を稼ぐ。その隙にサスケは地下室へもぐり、状況を調べる。不測の事態には、各自で対応。フンダルはあとで幻術をかけ、ザンスールと面会したことにして首都に帰す。

「やっぱ、変化するとしたらこれかなあ」

サクラが差し出したのは、フンダルが持っていた杖だ。大きさを変えるのにもチャクラを消費するので、本来のサスケの身長になるべく近いものに化けた方がいい。

「これか……」

無機物に変化するのは、人に化けるより難しい。手裏剣やクナイなどに変化した経験はあるが、杖は初めてだ。

やってみるか。

何度か触れて材質を確認してから、サスケはチャクラを練《ね》った。

ポン、という小さな破裂音。

サスケの身体は見事に杖へと変化し、カランと乾いた音をたてて地面に転がった。

「ばっちりね」

サクラに拾い上げられる。なんだか妙な気分だが、ともかくこれで、準備は終わった。

あとは、出たとこ勝負だ。

杖になったサスケでコツコツと床を突きながら、サクラはフンダルの身の動きを真似《まね》て階段を上がった。どっしりとした所長室の扉を、軽くノックして声をかける。顔を出したザンスールは、なんら疑うことなくサクラを部屋の中へ招き入れた。

里外での任務は単独であたることが多いサスケにとって、仲間と連携《れんけい》する作戦は新鮮だ。単独では入りあぐねていた敵の懐《ふところ》に、こうも簡単に入れてしまうとは。

ザンスールは、長椅子《ながいす》に座るようサクラに促《うなが》し、自分は正面の肘掛《ひじかけ》椅子に腰かけた。部屋の奥には、烈陀《レダク》国らしくない近代的なデザインのデスクがある。

ここが、ザンスールの書斎だ。

事前にチャクラで調べた限りでは、書斎の奥に戸のない欄間《らんま》で仕切られた寝室があり、寝室のどこかに、地下室に続く階段への扉があるはずだ。

「宰相殿はご健勝ですか。もう半年以上お会いしていませんが」

肘掛椅子にゆったりともたれ、ザンスールが鷹揚《おうよう》に言う。

「お元気ですよ。マナリ女王も」

「それは何よりです。そろそろ公務にも慣れられた頃でしょうか」

軽く挨拶《あいさつ》をしたところで、さりげなく、窓の外へと視線を向けた。

「おや。雨が降り出したようですね」

「え？」

ザンスールが立ち上がって、窓の方に顔を向ける。視線がそれた隙に、サクラは杖を投げた。杖は、毛足の長い絨毯《じゅうたん》の上を音もなく滑《すべ》り、書斎と寝室との境の手前で停止した。

「雨など降っていませんよ。見間違いでしょう」

ザンスールが、杖に背を向ける形で、肘掛椅子に腰を下ろす。

サスケは音も振動もなく変化の術を解き、元の姿へと戻った。気配を消したまま奥の部屋に忍び込み、壁際《かべぎわ》の死角に入って、部屋全体の様子《ようす》を確認する。

木のベッドに、書棚。奥の壁に、白銅の扉が作りつけられている。おそらくあれが地下室への入り口だろうが、残念なことに、扉の正面に立つと書斎から丸見えになる。

サスケは、ちらりと書斎の様子を窺《うかが》った。

「首都では水不足が深刻だと聞きましたが……」

「そのようですね。王宮には優先して食料がまわされるので実感はありませんが」

ザンスールは、サスケに背を向けて、サクラと話し込んでいる。……いけるか。

サスケは大胆に姿をさらし、白銅の扉に向き合った。ザンスールがうっかり鍵をかけ忘れている事態を願って取手を引くが、あいにく扉は動かない。

仕方ない。無理やり開けるか。

ピッキングに忍術を使う忍《しのび》は多いが、その方法は個人によって違う。カカシは、火遁《かとん》の熱で金属部分を溶かして無理やり開錠《かいじょう》することが多い。シカマルなら、細く伸ばした影を挿入《そうにゅう》してシリンダーを回す。ナルトは、超小規模な乱気流で鍵穴を回転させたりする。

火遁を得意とするサスケは、カカシと同じく錠前そのものを熱で溶かす方法を取ることが多いが、今回は証拠を残したくないので別の方法をとることにした。

サクラの方を振り返り、もう少し時間を稼ぐよう合図を送る。サスケの視線を受けて、サクラはザンスールの方へぐっと身を乗り出した。

「実は私は、以前にもザンスール様にお目にかかったことがありまして。昨年の夏、王宮をお訪ねになられたでしょう。そのときに、一度ご挨拶させていただいたんですよ」

「そうでしたか。去年の夏というと、先王が亡くなられてすぐの頃ですね。マナリ女王はまだお若いし、宰相様もさぞお忙しくしておられることでしょう。……宰相様といえば、そろそろ、ここへいらしたご用件を伺いましょうか」

「そうですね。ああ、でもその前に一つだけ。ザンスール様が滞在されたときにお世話をさせていただいた侍女は、実は私の妻でしてね。覚えてはおられませんか？　妻の特徴はですね……」

　サクラが世間話で時間を稼ぐ間に、サスケは指先を鍵穴にあてがい、チャクラを練った。鍵穴の形ぴったりになるように土遁《どとん》を形成して、即席の合鍵を作るのだ。書庫の鍵のようにあまり複雑なものは作れないが、幸い目の前の鍵穴は以前にも複製したことがあるタイプのものだった。

　しかし、サクラに指輪を作ったときのようにはいかない。崩れやすい土をきっちり固め、鍵穴内部の形状に合わせて鍵を作るには、繊細なチャクラ操作が必要だ。

「……——そんなわけで、妻にとっても、ザンスール様を担当させていただいたのはよい経験になったようで。大変感謝しておりました」

「こちらこそ、お世話になりましたとお伝えください。それより、そろそろ宰相様からのご用件をお聞きしましょうか」

「ええ、そうでしたね。すみません、つい長話をしてしまって。通信役のくせにしゃべりすぎだと、宰相様からもよくお叱《しか》りを受けるんですよ。姉が六人もいる家庭で育ったせいだと思うんですけどね。祖母も母もおしゃべりが大好きで……」

「フンダルさん」

ザンスールの声が、険《けん》を帯びる。「ご用件をお聞きしましょう」

「ああ、そうでしたね」

フンダルに変化したサクラは、悪びれず肩をすくめた。「不思議なんですが、今回の言伝はたった一言で。『進捗は順調か？』と……私には、何のことやらよくわからないのですが」

「ふ、宰相様らしい。順調ですよ。要請があればいつでも、首都なら数日、薙苓《ナガレ》村なら数時間のうちに戦力を送れるはずだ、とお伝えください」

「承知しました。ちなみに、その『戦力』というのは、いかほど？」

「……あなたはただの通信役でしょう？　具体的な数字を教えるわけにはいきませんよ。まぁ、心配なさらずとも、宰相様は把握しておられますから」

サクラが時間を稼ぐ間に、なんとか鍵を生成し終えた。はずが、鍵穴に差し込んだまま回したら、根元からぽっきり折れた。強度が足《た》りなかったか。舌打ちをこらえ、折れた断面に指で触れて、再《ふたた》びチャクラを練る。

柄《がら》にもなく、少し焦っていた。自分一人の任務なら、多少危険があっても構《かま》わないのだが、今回はサクラが一緒だ。

「出過ぎた質問をしてしまいましたね。大変失礼しました」

「いえいえ。ところで、フンダルさん。杖はどうしたんですか？」

「杖？」

「この部屋に入ったときには、持ってましたよね？　見当たらないようですけど……」

チャクラから変化した土がぴきぴきと固着していく。折れた鍵の断面が充分に接着した確信を得て、サスケはもう一度鍵を回した。

今度は折れなかった。が。

カチリ、とバネの上がる音が響《ひび》いてしまった。

「ん？」

背後を振り返ろうとしたザンスールは、間髪《かんはつ》入れずに響いたドン！　という音に驚いて、視線を前に戻した。

サクラが、マントの中から出した本物の杖で、勢いよく床を突いたのだ。

「……杖ならここにありますよ」


サクラがザンスールの気を引いた隙に、サスケは扉を開けて身体を滑り込ませた。

真っ暗だ。埃っぽく、湿気がこもっていて、カビのにおいが充満している。火遁の炎を熾《おこ》して見ると、すぐ足元から階段が螺旋《らせん》状に伸びていた。

ここが、地下室への入り口か。

あまり時間がない。サスケは、足音を殺して階段を降りた。

体感で五階分ほど降りたかというところで、鉄扉《てつぴ》が行く手をふさいだ。さっきと同じように、土遁で即席の鍵を作り開錠する。

重たい扉をそっと押すと、涼しい空気が流れてきた。続けざまに、バサバサと、翼が羽ばたくような音。

……鳥？

「コケーッ！」

ニワトリだ。

コッコ、コッコと尾羽を振りながら寄ってきて、サスケをあっという間に取り囲み、靴やら脚《あし》やらを突っつきまわす。四十羽――いや、五十羽はいるだろうか。

なぜ、こんなところに、ニワトリが？

蒸し暑かった螺旋階段と違い、地下室は換気口が開いていて、最低限の風通しは確保されているようだった。食い散らかされた餌箱《えさばこ》に残っていた野菜の切れ端は、囚人たちが食わされているものよりもよほど新鮮そうだ。きれいな水もたっぷり補充されていて、明らかに、人の手で飼育されている。

壁際には、切り出された岩が積み上がっていた。岩の表面には、いびつな彫刻のような凹凸《おうとつ》があり、表面にはこのあたりの土がこびりついている。外作業のとき、同じような岩を囚人に運ばせているのを見かけたことがあった。

羽毛舞い散る地下室に、サスケは困惑して立ち尽くした。

大量に飼われているニワトリと、積み上げられた岩。

ここは、一体何なんだ――？

五章 chapter 5

サクラが、カカシのよこした鷹《たか》から伝令を受け取ったのは、宰相《さいしょう》の使者がやって来た四日後のことだった。

烈陀《レダク》国の宰相が、女王マナリと手を組んで、薙苓《ナガレ》村に侵攻したらしい。それに対し、弟のナナラは、クーデターを起こして政権を奪取することに決めたそうだ。カカシは、ナナラを支援するつもりだという。

宰相からの使者は、ザンスールのもとへ「進捗《しんちょく》」を聞きに来た。そしてザンスールは、使者に対し、すぐにでも「戦力」を送れるだろうと答えた。自然に考えれば、ザンスールの言う戦力とは、宰相の軍を支援するためのものだろう。

だけど――この極北の研究所の、一体どこに戦力があるというのだろう。

ともかく現状わかっていることを手短にまとめ、赤い布を巻いた鷹の脚《あし》にカカシへの返信を結びつけた。一泊くらい休ませろと不満げに鳴く鷹の嘴《くちばし》に、心ばかりのご褒美《ほうび》として干《ほ》し肉《にく》の切れ端をついばませて機嫌《きげん》を取り、カカシのもとへ送り返す。その足で、サクラは食堂に向かった。

ちょうど夕食時だ。配膳に並んだ囚人の列が廊下の奥まで長く伸びている。

カカシからの情報を伝えようと思ったのだが、サスケの姿は見当たらない。無遠慮な囚人たちの視線を無視して窓際《まどぎわ》の席に腰を下ろし、サクラは頬杖《ほおづえ》をついた。

わからないことだらけだ。

ザンスールと宰相の関係。ザンスールの言う戦力。極粒子《きょくりゅうし》の在処《ありか》。十二枚の星座が描かれた天体絵図の意味。サスケが地下室で発見したニワトリと、壁際に積み上がった岩。断片的な事象ばかり集めてみても、なかなか全体は見渡せない。地下室のことなどは、もしかしたら気にする必要もないのかも。例えば、ニワトリの飼育と彫刻は、単にザンスールの趣味とか。いや、まさか。

「わっかんないなー……」

ぐてっと椅子《いす》にもたれたサクラに、「先生、ここいいかな」と、卓子《テーブル》の向かい側から年嵩《としかさ》の男性が声をかけてきた。

「ええ、どうぞ」

ガンノだ。サスケと同房で、爪に絵を描くのが趣味の変わり者。

黒ずんだ給茶瓶《サモワール》から注いだ出涸《でが》らしでグビリと喉《のど》を湿らせると、ガンノは外の景色に目をやった。

「もう日が暮れるね」

世間話に「ええ」と相づちを返して、サクラは卓子《テーブル》に落ちる日差しを見つめた。低いところから射す茜色《あかねいろ》の光は、くっきりとして手で摑《つか》めそうなほどだ。

「私は、長年、日暮れというのは太陽が沈むことだと思っていたよ」

窓の外を見たまま、ガンノはおもむろに言った。「でも、本当は違うらしいね。私たちの乗ってるこの地面の方が、勝手に回転して太陽から遠ざかってるんだろう？　てっきり空の方が動いてるもんだと思ってたけど」

「私も、初めて知ったときはびっくりしました。ついつい、人間を中心に考えてしまいますね」

ガンノは穏《おだ》やかに目を細め、サクラの手元に目をやった。

「先生、今日《きよう》は指輪をしてるね。結婚してるのか」

「ええ。仕事中は、邪魔になるから外《はず》してることが多いんですけど」

「こんな場所で働いてたら、なかなか家にも帰れないだろう」

「まあ……」

こんな場所で働いてなくたって、あんまり会えないんだけど。

「旦那さんはどんな人？」

「優しいですよ」

無難かつ正直に答えたつもりが、もっと述べたくなって、サクラは「あと、すごく純粋な人です」と付け加えた。ガンノにはどうせ誰のことかわからないと思うと、ついついノロけてしまう。

「ときどき、あまりにまっすぐすぎて、本人も周《まわ》りも苦労するくらい。思考も極端から極端に飛ぶし……でも、それが彼のいいところなんですよ。あと、単純に見た目がすごくかっこいいんですけど、本人にそれを生かそうという気がゼロなんですよね。そういう、自分に頓着《とんちゃく》がないところも、好きで。ときどきは心配になっちゃうんですけどね」

「そうか。まったく、サスケは果報者だな」

ごんっ。

頬杖をついた手のひらからアゴが滑《すべ》り落ち、サクラは顔面を卓子《テーブル》に打ちつけた。ガンノがおかしそうに、くつくつと笑う。

「えっ……な、なな、なんで、サスケくんだって……あ、いや、ていうか、別に、私の夫は、あの……」

「あいつね。いつもこの席に座って、外の景色ばかり見てたんだよ。でも、ここ最近は全然そうしなくなった。あんたが来てからだ。……サスケが何を見てるのか、ずっと不思議だったけど、今日やっとわかったよ。ずっと、いつあの木に花が咲くか、気にしていたんだろうね」

「は、花？　いや、あの、それより、どうしてサスケくんが私の夫だって……」

「きれいな色の髪だね。大事にしなさい」

ガンノは、子供に風車《かざぐるま》を持たせる父親のように微笑《ほほえ》みかけると、それ以上何の説明もせず行ってしまった。残されたサクラの頭の中は、クエスチョンマークでいっぱいだ。

私の髪が、どうしたっていうのよ……。

戸惑《とまど》いつつも窓の外に目を向けて、サクラはガンノが言っていた木を探した。

花をつけている木が、一本だけあった。控えめな枝ぶりの梢《こずえ》に、ちょこんと咲いた一重《ひとえ》の小さな花。淡いピンク色の花弁はごくごくささやかで、瞬《まばた》きしたら途端に見失ってしまいそうだ。

しばらく見つめて、ようやくガンノが言っていたことの意味に気づき、サクラは耳まで真っ赤になった。

サスケは、桜の花が咲くのを待っていたのだ。

正確には桜ではなく、高地に咲く扁桃《アーモンド》の一種らしい。考えてみれば当たり前だ。こんな気候の場所に、桜が咲くわけない。

医務室に戻ったサクラは、舌圧子《ぜつあつし》に映った自分の表情がほころんでいるのに気づいて苦笑した。もしかしたらガンノの勘違いかもしれないけど、でももしサスケが、桜の花を見ながら、自分のことを思い出してくれたのだとしたら――すごく、嬉《うれ》しい。

サクラも、同じ理由で、お気に入りの花を作業デスクの上に飾っているからだ。

空き瓶に無造作に挿《さ》した椿《つばき》は、中庭の生《い》け垣《がき》から落ちていたのを拾ってきたものだ。椿を見るとサスケを思い出す。茎の先で咲くか、ぼたっと落ちるかの二択しかない花。極端で迷いのないところが、そっくりだといつも思う。

椿を挿した瓶は、落日に包まれて橙色《だいだいいろ》に輝いていた。もうすぐ陽が沈む。――いや、ガンノの言ったように、沈んでいくのはむしろ私たちの方か。

知っていても、ついつい、沈むのは太陽の方だと感じてしまう。こんなこと考えてたら医者失格かな、とサクラは苦笑《にがわら》いした。医者を含む科学者にとって、主観を排して客観的に物事を見ることはとても重要なのに。

その意味で、星の並びから狸《たぬき》やら猿やらを連想して天体絵図を描いたタタルの行動は、あまり学者らしくない。地上から見た星の並びが、たまたま狸に見えたり亀に見えたりしたからといって、そこに天文学的な意味などないだろう。

だけど――

戯《たわむ》れに星と星を繋《つな》ぎ、動物の形を連想した天文学者の気持ちが、サクラには少しだけわかる気がした。サクラが、シャーレで培養した細胞についつい毎日声をかけてしまうのと、きっと同じような心境だろう。毎日向き合ううちに、親しみを感じて、遊んでみたくなる。たとえ相手が無機物でも、それを観察するのは主観を持った人間だからだ。

忍《しのび》が結ぶ「印《いん》」に、十二支の名前がついているのも、きっと同じ理由だろう。

サクラは、胸の前で、「子《ね》」の形に手を組んでみた。この手の形は、動物のネズミと何の関係もない。ただ、呼び名がないと不便だから、大昔の忍がこの組み方を便宜上「子」と名付けただけだ。印を結ぶための基本的な手の組み方は十二種類あるから、十二支の動物をあてはめるのにちょうどよかったのだろう。

そこまで考えて、サクラはふと視線を上げた。

十二支――……十二？

「あっ……！」

椅子を蹴《け》とばして勢いよく立ち上がると、サクラは医務室を飛び出した。

とぎれとぎれに雲の散る日暮れの空は、底の方がすでに菫《すみれ》がかっている。

サスケは、煉瓦《れんが》造りの屋上に座り込み、杏子《あんず》の果実を収穫するという作業をさせられていた。

「お前が巡邏《じゅんら》に目ぇつけられてると、必然的にオレまでとばっちりくうんだよなー」

あーだりー、とボヤきながら、ジジは目の前の枝葉の山から、無造作に一本を手に取った。ずっしり実った小さな実のへたをチマチマとねじり、皮がはがれないよう丁寧に実をもいでいく。

ジジがぽんと放った実をつまみあげ、サスケは片手で器用に、埃《ほこり》っぽい皮をきゅっきゅと布でみがいた。

本棟の屋上で、ジジと二人。巡邏に命じられた居残り作業の真っ最中だ。いまだ巡邏たちのターゲットになっているサスケが当然のように指名され、もう一人は、サスケとペアを組むことの多いジジがオマケで選ばれた。

「これ、首都から運ばれてきたやつだよな。この辺、杏子の木は生えてねえし」

「そうだろうな。王宮からの定期配給があるんだろう」

「杏子なんか食事に出たことねえじゃん。所長とか巡邏とかだけで食ってんだろうなあ。

くそー」

「今食っとけ」

そう言って、サスケはみがいた杏子の山から、形のきれいなやつを一つつまんで口の中に放り込んだ。

「お前なー、やめとけよ。巡邏にバレたらまた殴《なぐ》られんぞ」

ジジの忠告を聞き流して、奥歯でぶちっと実をつぶす。気候のせいか酸味がかなり強く、甘いものの苦手なサスケにも食べやすかった。

肩が凝《こ》ったのか、ジジが立ち上がって両腕を広げ、「あ〜〜」と伸びをした。派手な動きの先を追い、サスケは遠くの景色に視線を向ける。

つくづく山深い場所だ。砂だけで作ったジオラマみたいに、剝《む》き出《だ》しの岩肌《いわはだ》の稜線《りょうせん》が、幾何学模様《アラベスク》のように交わっている。色を閉ざした風景が、見渡す限りどこまでも続く――のかと思いきや、研究所の建った崖《がけ》の足元に、橙色の勾玉《まがたま》が落ちていることに気づいた。

いや。勾玉は、あんなにくっきり空を反射したりしない。

「こんな近くに、湖があったのか」

ん、とジジがサスケの視線の先をたどった。

「あー、あれな。ちっちゃえ湖だから、存在を知らないやつも多いよ。透明なばっかで魚もいねえし、行く用事もないし。大昔に隕石《いんせき》が落ちて出来たクレーターに、雨水が溜《た》まって出来たらしいけど」

隕石か。

サスケは、屋上の縁《へり》へ進み、眼下の湖を覗《のぞ》き込んだ。

「…………」

洋梨型の曲線に縁《ふち》どられた湖水は、夕映《ゆうば》えの色をたたえ、千切《ちぎ》れた鰯雲《いわしぐも》を鏡のように映して静かに佇《たたず》んでいる。まるで、匙《さじ》ですくった夕空を、そのまま大地のくぼみに流し入れたみたいだ。

……空？

「この時間はちょっと赤みがかってるけど、昼間に見ると真《ま》っ青《さお》でキレーだぜ。どっちが空だかわかんなくなるくらい」

「ジジ」

サスケは、手に握ったままだった杏子の枝を、ぽんとジジに押しつけた。

「……腹が痛くなったからオレは作業を切り上げる。あとは一人でやってくれ」

「は？」

「次の調理当番代わってやるから」

言うなり、サスケはくるりと踵《きびす》を返した。

「おい、どこへ行くんだよ！」

ジジの抗議は、頭の中を素通りしていく。

一刻も早く、サクラに知らせなければ。天体絵図に繋がる謎《なぞ》が、ひとつ、解けたこと。


「「あ」」

階段の踊り場を曲がったところで、サスケはサクラと鉢合わせた。

どちらも気配を消していたので、出会《であ》い頭《がしら》に危うくぶつかるところだったが、そうなる前に、二人ともさすがの反射神経で一歩身を引いた。

「サスケくん、ちょうどよかったわ」

サクラは興奮気味に言って、サスケの腕を取った。

「天体絵図の謎が解けたの」

「なに？」

そのまま腕を引かれ、空《あ》いている部屋の中に入る。

二人きりになるなり、サクラは声をひそめて切り出した。

「覚えてる？　六道仙人《りくどうせんにん》は極粒子を二つに割って、一つを『離れず巡《めぐ》る星』に、そしてもう一つを『地に降りし空』に隠したっていう、あの文章」

ああ、とサスケはうなずいた。カカシが入手した文献に、記述があった。――極粒子の半分は、地に降りた空に、もう半分は、離れず巡る星に隠した。その在処《ありか》を知りたければ、天体絵図で遊べ、と。

「六道仙人はチャクラの祖。極粒子を隠すのにも、忍術を使ったと考えるのが自然だわ。そして、忍術を解くには『印』が必要。つまりね……天体絵図に隠されていたのは、極粒子を手に入れるための印だったのよ」

そう言うと、サクラはポケットから紙きれを出して、書記台の上に置いた。サクラの字でメモが書かれている

「まずはこれを見て。十二支と、時系列順に並べた星座図に、それぞれ一番から番号を振ったの」

1　子／狸
2　丑《うし》／猫
3　寅《とら》／亀

4　卯《う》／猿
5　辰《たつ》／白馬
6　巳《み》／蛙《かえる》と蛞蝓《なめくじ》
7　午《うま》／木の幹
8　未《ひつじ》／牛
9　申《さる》／篝火《かがりび》
10　酉《とり》／巨人
11　戌《いぬ》／羊飼い
12　亥《い》／老人

「なるほど……十二星座と十二支か」

並んだ文字を目でなぞり、サスケは納得してうなずいた。十種の動物に、羊飼いと老人を足《た》して十二種に嵩増《かさま》ししていたのは、十二支と数を合わせるためだったのだ。

「だが、これだけでは、具体的な印がわからないぞ」

「もう一つヒントがあるの。それが、星ならべよ」

「星ならべ？」

サクラは、小さくうなずいて続けた。

「『天体絵図で遊ばれたし』……この言い回し、おかしいと思わない？　天体絵図には星座が描かれているだけなのに、それで遊べだなんて……多分、もともと星ならべの絵札は、天体絵図の一部だったんじゃないかしら。ほら、星ならべの絵札が入ってた箱、ずいぶん大きくて、スペースがたくさん余ってたでしょ」

確かに、あの箱はかなり大きかった。大判の『天体絵図』も、余裕で収まるサイズだ。

「星ならべで一番強い役は『星』、二番目に強い役は『土』だったわよね。おそらく、『星』は『離れず巡る星』、『土』は『地に降りし空』を表してるんだと思うの」

「なるほど……」

サスケは、サクラとペンジラの勝負を観戦したときの記憶を掘り起こした。

「確か『星』は、白馬・羊飼い・猫・篝火・巨人・亀の六枚を集めて作る役だったな。この六枚に対応する十二支の印を結ぶことで、極粒子が手に入るというわけか」

白馬・羊飼い・猫・篝火・巨人・亀――『星』の役を作る六枚の絵札の並びに、サクラが作ったメモに従って十二支をあてはめれば、「辰・戌・丑・申・酉・寅」となる。

『土』ならば、「丑・申・子・巳・寅・亥」――これが、極粒子を手に入れるための印なのだろう。

「これで星座図の謎は解けたわ。なにをしたらいいのかが、明らかになった」

メモ書きを指でなぞり、サクラは深刻な表情で続けた。「でも、どこでしたらいいのかがわからない。『地に降りし空』と『離れず巡る星』が、それぞれ何を指すのか」

「『地に降りし空』の目星はついている」

「そうなのよねー……………えっ？」

あまりにさらりと言われたので、サクラは一瞬納得して流してしまい、後《おく》れて気がついて慌《あわ》てて顔を上げた。

「目星がついてるの？」

目を丸くして驚くサクラの顔を、無表情のまま見つめ返し、

「今夜、消灯後に迎えに行く」

言うだけ言って、サスケはさっさと部屋から出ていってしまった。


その夜は晴れて、星がよく見えた。

サスケは約束通りの時間に、医務室の窓ガラスをコンと叩《たた》いた。

「ついてこい」

短く言うなり、二階の高さから地上まで一気に飛び降り、早くしろと言わんばかりに見上げてくる。訳《わけ》がわからないまま、サクラはとりあえず白衣を脱ぎ、あとを追って窓から飛んだ。

気配を消して塀《へい》を越え、敷地の裏手にある崖を下り、数分も岩場を下るとふいに視界が開けた。行く先に現れたのは、クレーターに出来た小さな湖だ。

サクラは、立ち止まって息をのんだ。

「わぁ……！」

穏やかな水面《みなも》が、鏡のように完璧《かんぺき》に、夜空を反射している。ぎっしりと散らばった光の粒立ちの美しさに、サクラは息をするのも忘れて立《た》ち尽《つ》くした。

「六道仙人の名にちなんで、六湖《りくこ》と呼ばれているそうだ。『地に降りし空』……文字通り、地上の星空という意味なら、これ以上しっくりくる場所はないだろう」

サスケの説明は、サクラの頭をきれいに素通りした。

平らかな青い湖水が夜空を丸ごと抱き込み、兎《うさぎ》の形に影を宿《やど》した月は、水底《みなぞこ》に錨《いかり》を下ろして湖畔《こはん》の際《きわ》で揺れている。この場に居合わせる全《すべ》てのものが静かでささやかで、現実の光景か不思議になってくるほどだ。

研究所の裏手に、こんな場所があったなんて。

そもそも医務室の外に出る機会が少ないから、湖があることはおろか、これほどの星空が毎晩頭の上に広がっていたことすら知らなかった。

「きれい……」

子供のように目を輝かせるサクラの横顔を、サスケは微笑して見守った。

「サラダにも、見せてやりたかったな」

「そうね。あの子、最近、宇宙のことに興味を持ってて……この間もね、いのたちと賢学《けんがく》院《いん》の科学展に行ったんだけど、あの子、月とか星の説明ばっかり夢中で読んでて」

そんなことが、あったのか。

サスケはサクラの手に触れた。外気にさらされ、冷たくなったサクラの指先は、記憶の中より少し細くなっている気がする。一緒にいないことで見逃《みのが》している瞬間が、きっとたくさんあるのだろう。

指輪なんてなくても、いつも一緒にいられるわけじゃなくても、サクラが自分の妻であり家族であることに変わりはない。そう思うのは、昔、親友に教えられたからだ。一番大切なのは、絆《きずな》だって。サクラとの間には距離を問わない繋がりがある。毎日会えなくても、かけがえのないパートナーだ。

でも。

そう思っていても、それでも、ときどき、ふいに寂《さび》しくなることがある。長期任務で、長い間里に帰れずにいるときには、特に。

聞きたいと思ったときに声が聞けない、触れたいと思ったときにそばにいない。そんなとき、例えば指輪のように、目に見える形で絆を感じられるものが近くにあったら、もしかして、少しくらい、気持ちが楽になったりするのだろうか。

「サクラ」

サスケは、ぎこちなく声をかけた。

「指輪、いるか。チャクラで作ったやつじゃなくて。里に帰ったら……普通のやつを」

めちゃくちゃな語順でしゃべったサスケの意図を正しく理解して、サクラは「んー……」と少し考えた。

「ほしいと思ったこともあるけど……でも多分、私の手には似合わないかな」

苦笑《にがわら》いして、手のひらを月明かりにかざす。

消毒液で荒れた手は、サクラが多くの患者を助けてきたことの証《あかし》で、それは同時にサスケの誇りでもある。仕事に向かうとき、ふっと真剣になるサクラの目が好きだった。患部を処置する丁寧な手つきも、チャクラを流し込む前に軽く腕まくりするところも。診察のあと、サクラは必ず、カルテのほかに自分用のメモを残す。その研究熱心な姿を目にするたび、彼女もまた、自分とは違う形で里の発展に尽くしているのだと感じて、嬉しかった。

「オレは」

サスケは、目の前の湖を見つめながら、ゆっくりと言った。「いない間に、誰かに居場所を取られるんじゃないかと、不安に思ったことはない。一度も」

うん、とサクラが小さくうなずく。

「でも、ときどき……もどかしく、思うことはある。久しぶりに帰って、サラダの背が伸びてたり、お前の髪型が変わっていたりしたときに」

「私も、同じように思うときはあるよ。サスケくんの目じりのシワ、いつ出来たのかな、とか」

「シワがあるのか?」

「笑ったとき、うっすらね。渋くていい感じ」

「お前は変わらないな」

そう言って、サスケは、サクラの目元に触れた。

「もっとシワがあってもいい」

「えー」

まんざらでもなさそうに笑って、サクラは視線を落とした。

「急にどうしたの。誰かに何か言われた?」

「いや、言いたくなっただけだ」

「ほんとに?」

サクラは、見透《みす》かしたように笑った。

「サスケくんのこと、ちゃんとわかってるから大丈夫だよ」

こうやって、いつもサクラの隣にいられたらいいと、心から思う。でも、そういうわけにいかないのは、それぞれの役割が違う以上、仕方のないことなのだった。サクラは里の人から必要とされているし、サラダには木ノ葉隠《こ・は・がく》れの里でなければ叶《かな》えられない夢がある。そしてサスケは、未開拓地で任務にあたり影からナルトを助けるほかに、里の役に立つ方法を知らないのだ。

サクラは、ポケットから星ならべのカードを出した。「土」の役を作る六枚だ。

「さ、早く極粒子を手に入れて、里に帰ろう」

「ああ」

絵札の柄《がら》を見ながら、サクラが印を確認する。

サスケは、ふと、絵札の裏面に描かれた図柄に目を留《と》めた。瑪瑙《めのう》に似たトカゲが、岩石に絡《から》み合《あ》う絵。天体絵図の表紙にも、同じモチーフの絵が描かれていたっけ。

「……なぜ、トカゲの絵なんだろうな」

「え？」

「天体絵図の星座にトカゲはいないだろう」

絵札の裏面を確認して、ああ、とサクラは納得したようにうなずいた。

「多分、これ、トカゲと岩石じゃないわ。竜獣《りゅうじゅう》と隕石よ」

「竜獣と……隕石？」

「昔、このあたりには竜獣がたくさん生息していて、隕石の衝突が原因で絶滅したって言われてるの。何万年も前のことだから、六道仙人とは無関係だろうけど」

そういえば、ペンジラが読んでいた本にも、ここいらの地層で化石が採《と》れると記述があった。

……化石？

サスケの脳裏を、地下室で見た、巨大な岩の欠片《かけら》がよぎった。もしもあれが、囚人に掘らせた竜獣の化石だったとしたらどうだろう。そして、この国から書物を持ち去ったオロチマルという人間が、自分の知る蛇男《へびおとこ》と同一人物だったら。

サクラが、胸の前で手を組んだ。六枚のカードの絵図を確認しながら、ゆっくりと、一つずつ、印を結んでいく。

隕石によって滅んだ竜獣。

地下室に集められた化石とニワトリ。

そして、大蛇丸《オロチまる》が研究していた術――穢土転生《えどてんせい》。

三つを並べて、サスケは、ぞくりと背筋《せすじ》が震えるのを感じた。

もしも、ザンスールの狙いが、竜獣を化石から復活させることだったら？　化石から採取したＤＮＡをもとに、直接の子孫である鳥を生贄《いけにえ》にして、竜獣を穢土転生させる――理論上は、充分に可能だ。

湖から星空が急に消えた。水面がぐらぐらと大きく波打っている。はっと目線を上げれば、サクラが隣で印を結び終えていた。

水面が明るく輝き、光の柱が、目を開けていられないほどのまばゆさで湖底から放射した。柱の中央にゆっくりと浮き上がってきたのは、護符で幾重《いくえ》にも封をされた竹の器《うつわ》だ。

「この中に……極粒子があるの？」

サクラが、半信半疑で手を伸ばして器を取ると、光の柱はふっと消え、あっという間に元通りの風景へと戻ってしまった。

おそるおそる護符の表面に触れ、サクラは慌てて手を引っ込めた。

「ものすごい量のチャクラ……」

「なに？」

軽く触れただけで、確かにビリビリと肌を刺すような圧が来た。よほどの使い手でなければ、これほどのチャクラを護符に込めることはできまい。さすがに不用意に器を開けて中身を確認するわけにもいかないが、おそらくこれこそが、六道仙人によって封印された極粒子なのだろう。

二人はとうとう、極粒子を手に入れるというミッションを達成したのだ——が。

サスケの頭の中は、別のことでいっぱいだった。

「サクラ。竜獣とトカゲの身体的特徴には、どんな違いがある」

「えっ？　竜獣が何？」

脈絡のないことを突然聞かれ、サクラは極粒子の器を握りしめたまま、面食らって聞き返した。

「竜獣とトカゲの身体的特徴が知りたい」

「そうね……爬虫類《はちゅうるい》との大きな違いは、後足が胴体の直下に生《は》えてることかな。トカゲは、こう、四本足をワサワサさせて這《は》うように進むでしょ。でも竜獣は、前後の重心移動でバランスを取りながら、二足歩行で移動していたらしいの」

サスケは、瑪瑙と戦ったときのことを思い出した。面長《おもなが》の頭部を手前に突き出し、尾を揺らしながら走る姿。あれはどう見ても、前後の重心移動による二足歩行だ。瑪瑙はトカゲではなく、穢土転生によって甦《よみがえ》った竜獣――そう考えれば、サスケが瑪瑙に感じていた疑問にも説明がつく。幻術《げんじゅつ》が効かなかったのは、すでに瑪瑙が穢土転生で別の誰かに操《あやつ》られていたからだ。

ザンスールは地下室に化石とニワトリを集めていた。瑪瑙で終わりじゃない。さらに多くの竜獣を、穢土転生させるつもりだ。

「サクラ。研究所に」

戻るぞ、と言いかけた瞬間、月が割れたのかと思うほどの轟音《ごうおん》が、あたりに響《ひび》きわたった。

斜面の上を振り返れば、研究所一帯が巨大な土煙に包まれている。

「なに、今の!?　爆発!?」

「いや……違う」

土煙の中から、灰色の巨大な生き物が、空に向かって次々に飛び出した。

蝙蝠《こうもり》に似た皮ばった両翼と、槍《やり》のように鋭くとがった嘴《くちばし》。そして瑪瑙そっくりの巨大な鉤爪《かぎづめ》――

「あれって……竜獣!?」

サクラが息をのんだ。「なんで……絶滅したはずじゃ……」

「ザンスールが穢土転生で復活させたんだ」

気づくのが、一足遅かった。

ザンスールは穢土転生を使い、古代の竜獣を現代に復活させたのだ。

六章 chapter 6

ギャアギャアと甲高《かんだか》い鳴き声をあげ、復活した翼竜《プテラ》たちがサスケの頭上を飛び去っていく。十頭は下らないその数に舌打ちして、サスケは研究所に向かって走り始めていた足を止めた。

「サクラ！　サスケくんは!?」

「サクラ！　お前はこのまま研究所に行ってザンスールを探せ！」

「翼竜を追う！」

空を飛べる連中を捕まえるのが先だ。散り散りになって逃げられたら、いくらサスケでも追いきれない。

うなずいて、サクラが研究所へと走っていく。サスケは、上空へ昇るため須佐能乎《スサノオ》を使おうとしたが、その前に向こうから来た。

「ここにいたんですねえ、四八七番」

着地した翼竜の背中から、ひらりと地面に降りたザンスールは、いつもと変わらない、余裕めいた微笑を浮かべている。

「ザンスール……」

サスケは、目の前の男を冷ややかににらみつけた。

「竜獣《りゅうじゅう》を復活させたのはお前だな。目的はなんだ」

「ふ。そんなこと、教えてあげるわけないでしょう。それより、私はあなたに聞きたいことがあるんですよ」

「自分は質問に答えないくせに、オレには聞くのか？」

サスケは会話を長引かせながら、どうやってザンスールに解除印《かいじょいん》を結ばせようかと考えていた。

厄介《やっかい》なのは、彼の義眼だ。硝子《ガラス》の眼玉といくら視線を合わせても、瞳術《どうじゅつ》にはかからない。痛い目に遭《あ》わせて、無理やり印を結ばせる方法は可能だろうか。拷問《ごうもん》で口を割るか否《いな》かは、彼の宰相《さいしょう》への忠誠心にかかっている。

「立場がわかってないみたいですね。あなたは国からはぐれた忍《しのび》に過ぎないが、私は国家権力ですよ」

「穢土転生《えどてんせい》は禁術だ。国家代表を気取るなら、国ごと罰《ばつ》を受けてもらうぞ」

「穢土転生？」

ザンスールが片眉を上げた。

「あなたたちの国では、死んだものを甦《よみがえ》らせる禁術を、そう呼ぶんですか？」

どうやら彼の使っている術は、サスケの知る穢土転生と全《まった》く同じ術というわけではないらしい。

ドン！

突然、背後で大きな物音がした。がらがらと、何かが崩れていく音。おそらく研究所の塀《へい》の一部が粉砕されたのだろう。

サクラは無事にたどり着けただろうか。サスケが崖《がけ》の上をちらりと見やると、それに反応してザンスールの目線も動いた。やはり、こちらの動きが見えている。眼球の機能としてではなく、別の何らかの方法で、周囲の情報を得ている。

サスケはザンスールに視線を戻して聞いた。

「お前の目的は、甦らせた竜獣たちを兵器に使うことか？　宰相の陰謀を後押しするために」

「おや、耳が早い。それをご存知ということは……薙苓《ナガレ》村にも、あなたたちのお仲間がいるんでしょうかね」

「だったらどうする」

「嬉《うれ》しいですよ。宰相様に盾《たて》つく連中を一網打尽《いちもうだじん》にするいい機会だ」

ふ、とサスケは口の端を上げた。

「ここの連中を皆殺しにすることも、宰相の計画の内か？」

「何の問題があるんです」

余裕ぶった微笑を浮かべていたザンスールが、いきなり真顔になった。

「死んで当然でしょう。国の決めた法を犯しておきながらのうのうと生きてる連中ですよ。本当は、大切な竜獣たちの腹の中に入れてやるのも嫌なくらいですが、口封じのためにはやむを得ない。宰相様の計画でなければ、誰がゴミ管理など仕事にするものですか。私は国家権力で、国の頭脳であるべき人間だ。あいつらのような、取り換えの利《き》く手足じゃない！」

話すうちにどんどん興奮していったザンスールは、ずり落ちて唇《くちびる》の上で止まった眼鏡《めがね》のレンズを押し上げると、ヒステリックに喚《わめ》いた。

「宰相様のためでなければ、誰がこんな場所に来るものか！」

どうやら忠誠心は厚いらしい。痛い目を見せたところで口を割る可能性は低そうだ。

……何か、別の手を。

写輪眼《しゃりんがん》を発動させ、赤く発光する眼球をザンスールへと向ける。ザンスールの身体《からだ》を取り巻くチャクラ量を確認して、サスケは巴《ともえ》の浮いた瞳を困惑に揺らした。

ザンスールの体内を流れるチャクラ量は、一般の人間と全く変わりがないのだ。彼は忍ではない。転生術を使っているのは、どう考えても彼ではない。

どういうことだ。

ザンスールじゃないのなら、一体誰が竜獣を……？

「どうしました？　顔色が悪いですよ」

ザンスールが、興奮の引かない顔をニヤつかせる。

次の瞬間、サスケは背後に殺気を感じて、飛びのいた。瑪瑙《めのう》の牙《きば》が、サスケの服の端をバクンと噛《か》む。

滑空《かっくう》してきた翼竜が、ザンスールの襟首《えりくび》を掴《つか》んで飛び上がった。

「瑪瑙、あとは任《まか》せたぞ。そいつを始末しろ！」


ザンスールが、わざわざ翼竜に乗ってオレのところに来たのは、瑪瑙に足止めさせるためか。

サスケは、写輪眼を発動したまま、瑪瑙と対峙《たいじ》した。

大蛇丸《オロチまる》やカブトは、頭に札《ふだ》を埋め込むことで対象を操作していたが、瑪瑙の頭部にはそれらしいものがなかった。やはり、サスケの知る穢土転生とは、少し違うメカニズムの術のようだ。そういえば、大蛇丸たちの使っていた術は、二代目火影《ほかげ》が考案したものを改良したんだったたか。

しかし、転生者が不死身であるという点は、おそらく穢土転生と変わらないだろう。瑪瑙を止めるには、殺さずに拘束しなければならない。例えば、対象物を燃《も》やし尽《つ》くすまで決して消えない黒炎──「天照《あまてらす》」を使うとか。

しかしその場合、瑪瑙は、消えない炎に焼かれながら死ぬこともできずに苦しみ続けることになる。やむを得ぬ状況ならば、それもまた仕方のない手段だが、できるなら避けたい。

かつて、兄は、うちはシスイの万華鏡写輪眼《まんげきょう》による幻術《げんじゅつ》、別天神《ことあまつかみ》を利用することで、カブトの穢土転生を破った。同じように、力ずくで強引に術を上書きできればいいのだが……なにしろ相手は、動物だ。人間ほど知能が高くない生き物を相手に、上手《うま》くいくだろうか。

「──瑪瑙」

サスケの声に反応して、瑪瑙がじりりと腰を落とした。黄色い虹彩《こうさい》に浮かんだ黒い瞳が、きゅっと細まる。臨戦態勢だ。

「まだ動くなよ。落ち着いて、オレの声を聞け」

サスケが一歩前に踏み出すなり、瑪瑙は大口を開けて、バネのように勢いよく飛びかかってきた。刀を引き、鞘《さや》で瑪瑙の牙を受け止める。瑪瑙は興奮して、刀を砕こうと前足を鞘にかけた。

瑪瑙の腹には、油を引っかけた火傷《やけど》の痕《あと》が、まだ生々しく残っていた。切り傷や刺し傷と違い、熱傷による損傷は回復が遅いようだ。

「そのまま噛んでろよ」

サスケは刀からゆっくりと手を放し、瑪瑙の腹へと手を伸ばした。

途端に、警戒した瑪瑙が、ガキンと刀を噛み砕く。

「落ち着け——大丈夫だ、痛いことはしない」

サスケは瑪瑙の腹に手をかざし、指の先でチャクラを練《ね》った。いったん霧状にした水遁《すいとん》を、風遁《ふうとん》で過冷却状態にすることで氷を作り出す。

冷たさに驚いた瑪瑙が、びくりと身体をすくませる。サスケはシーッと声をかけ、薄氷で瑪瑙の火傷痕を覆《おお》った。氷はぱきぱきと結着して火傷痕を保護し、患部を冷やしていく。

瑪瑙はぶるりと身体を震わせ、サスケの表情を窺《うかが》うように首を傾《かし》げた。その目からは、さっきまでの敵意は消えている。ような気がする。

「瑪瑙。この間、腹を切ったことは謝る」

ゆっくりと、湿った鼻先に手を伸ばす。

「痛かったな。悪かった。もうしない」

次の瞬間、瑪瑙が勢いよく口を開いた。避《よ》けることもちろんできたが、サスケはあえて右腕を噛ませて受け止めた。

瑪瑙はフーフーうなりながらアゴをしめ、サスケの腕を噛み砕こうと躍起《やっき》になる。

「――瑪瑙」

サスケは腕を噛ませたまま、声をかけた。

「お前が怒るのは当然だ。気持ちよく眠っていたところを無理やり起こされて、腹の立たないやつはいない。オレだったら八つ裂きにしてる」

瑪瑙は、サスケの腕を噛んだまま、フーッと低くうなった。

「なあ。元いた場所に戻って、安らかに眠りたいんじゃないか。オレなら戻してやれる。でも、そのためには、お前の協力が要《い》るんだ」

瑪瑙の鼻息が、ふいに静かになった。松の葉のように鋭く細まっていた瞳が、いくぶん丸っこくなって、サスケの方を向く。

視線が交わった瞬間、サスケは眼球に力を入れた。

——写輪眼！

瑪瑙はすでに、転生術によって操られている。しかし、サスケの眼力に押されて、身体をわずかにビクつかせた。いける。アゴの力がゆるんだ隙《すき》に、サスケは、噛まれた腕を瑪瑙の口の中に突っ込んだ。長い舌を摑んで、粘膜から直接チャクラを流し込む。ゲェッとえずいて身体をバタつかせた瑪瑙は、いきなり糸が切れたように静かになった。

……幻術を、上書きできた、のか？

人でないものに幻術を使う機会は少ないので、感覚が摑めない。摑んでいた舌を放すと、瑪瑙はずるずるとその場にくずおれた。長い尾が、ぴくぴくと震えている。

「瑪瑙」

声をかけると、瑪瑙はゆっくりと目を開けた。

ぼやけていた黄色い目が、サスケの顔に焦点を結ぶ。その途端、尾がピンと伸びた。

タン！

地面を蹴《け》り、瑪瑙はサスケに飛びかかった。迎え撃とうと、懐《ふところ》のクナイに手を伸ばしかけたサスケは、瑪瑙の目つきの微妙な変化に気づいて、ふっと身体から力を抜いた。

飛びついてきた前脚が、サスケの肩に体重をかける。されるがまま、トンと後ろに押し倒されたサスケの身体に、瑪瑙が勢いよく覆いかぶさった。

そして——歯形に裂けたサスケの腕の出血を、長い舌でぺろぺろと舐《な》めとり始めたのだった。

七章 chapter 7

「ひぃっ……放せ、やめろ、あ、うぁ、あ、あぁあ――――〰〰〰ッ!!」

「なんだこいつら、なんなんだ!? どっから来たんだよ!?」

「やめろ、来るな来るな来るな、あぁ、来るな、来るっ………」

見たこともない巨大な化け物が、中庭に出来た巨大な地割れから次々と這《は》い上《あ》がり、手当たり次第《しだい》に襲いかかってくる。突然、殺戮《さつりく》の檻《おり》の中に放り込まれ、囚人たちは、すっかり恐慌《きょうこう》状態に陥《おちい》っていた。

「なんだこいつら! どっから湧いてきたんだよ!?」

中庭の真下にあった地下室で甦《よみがえ》った竜獣《りゅうじゅう》たちは、地下室の天井をその図体で突き破って破壊し、外へと飛び出してきた――などという事情を、囚人たちは知る由《よし》もない。訳《わけ》もわからぬまま、逃げまどうしかなかった。

翼竜《プテラ》に続いてまず飛び出してきたのは、竜脚獣《スピノ》。人の背丈《せたけ》とそれほど変わらない、小型の竜獣だ。小回りの利《き》く身体《からだ》を生かして飛びつき、顔やアゴをかじり取る。ひとかじりで満足してしまうので、襲われた囚人たちはみな、死にきれずに地べたをのたうちまわっている。

掘っ立て小屋同然の雑居棟は、堅頭竜《ケファロ》の頭突きで柱を破壊されて、あっけなく倒壊した。倒れた建物につぶされて、逃げ遅れた連中は圧死したが、彼らはいくぶん幸せな死に方ができたかもしれない。少なくとも、怖い思いをせずに済んだ。

堅頭竜は、ドーム状の分厚《ぶあつ》い頭骨を持つ竜獣だ。頑丈《がんじょう》な頭を低く構《かま》え、一直線に突進して獲物を追いかけまわす。逃げまどう囚人の一人が、足をもつれさせて転んだ。倒れた身体につまずいて、後ろを走っていた連中も連鎖的に転ぶ。十数人が地面に倒れ伏した塊《かたまり》に、堅頭竜が勢いよく突っ込んだ。踏み抜かれて地面にめり込んだ者、頭突きを食らって十数メートルも吹き飛んだ者。いずれにしても、即死だ。

運よく死ななかった者たちも、塀《へい》の手前まで追いつめられて、とうとう逃げ場を失った。

「くそッ……」

南側の塀は、堅頭竜の頭突きを食らってすでに半壊していたが、北側の塀はまだほとんど無傷だ。隣の人間を踏み台にして塀を登ろうと試みた男は、爪を剝《は》がしてずり落ちただけだった。

堅頭竜が、威嚇《いかく》するように前足を踏み鳴らし、腰を沈める。

「あっ……あぁっ……もうだめだ……」

「たすっ……助けてっ……」

ある男は放心してその場にへたり込み、別の男は泣きわめいて塀にすがりついた。

堅頭竜が、鉄に勝《まさ》る強度の頭骨を突き出して、突進してくる。誰もが死を覚悟した——

そのとき。

「しゃ——んなろ——ッ!!」

突然、気合の一声とともに、背後の塀がガラガラと崩れ落ちた。もうもうと舞い上がった砂煙の向こうから駆け込んできたのは、医務室の先生だ。

囚人たちは、塀のなくなった場所へ一斉《いっせい》になだれ込んだ。悲鳴を垂《た》れ流し、我先にと外へ飛び出していく。

何が起こったのかわからず、きょとんとして立《た》ち尽《つ》くした堅頭竜は、次の瞬間アゴに重たい打撃を食らい、脳震盪《のうしんとう》を起こして倒れた。

囚人たちを誘導し、塀の外へ逃がしながら、サクラは本棟へと向かった。

外に逃げたところで竜獣たちは関係なく追ってくるだろうが、塀の内側に固まっているよりは、生き残れる可能性が高くなる。

あちこちでうめき声があがり、瀕死《ひんし》で苦しんでいる人がいる。彼らの前を素通りするのは医療忍者としてあまりに辛《つら》かったが、一人でも多くを助けるために、今やるべきことは別にあった。一刻も早くザンスールを見つけて術を解除させなくては、ますます被害が大きくなってしまう。

　階段を使っているヒマはないので、チャクラを足の裏にためて壁を駆け上がり、外から直接所長室に向かう。窓を蹴《け》り割《わ》って中に入るが、人の気配はなかった。机の中や書棚を確認するが、転生術に関連しそうな資料もない。

「一体、どこに……」

　四階から地下までを、しらみつぶしに探していくことにする。長い廊下を抜けて三階に降りる途中、階段の踊り場で縮こまる囚人たちのグループに出くわした。どうやら、外を暴れまわる竜獣から避難して、ここに行きついたらしい。

「建物の中にいたら危ないわ。塀の外に出た方がいい。なるべく遠くまで逃げて」

おびえる囚人たちを促《うなが》して外へと向かわせて、サクラは三階の部屋を片っ端から確認してまわった。観測室、資料室、巡邏《じゅんら》たちの個室――しかし、ザンスールの姿はない。

　早く見つけないと、犠牲者は増える一方だ。

　焦って廊下の角を曲がったところで、ドンと誰かにぶつかった。

「ジジ！」

「先生……無事だったんだな。よかった」

ジジはほっとしたように息をついた。

「てかさ、これ、どういう状況？　マジで何がどうなってんだか……あのデケェやつら、どっから来たんだ？」

「所長の仕業《しわざ》よ」

サクラは口早に説明した。「死者の転生術を化石に使って、竜獣を甦らせたの。術を解くには、まず所長を探さないと……」

「ザンスールなら、さっき中庭にいたけど」

「え？　外にいるの？」

穢土転生《えどてんせい》のように高度な術を使うには安定した環境が必要だ。てっきり、術者は、人目につかない研究所の一室に隠れているだろうと思ったのだが……どうやら、読みが外《はず》れたようだ。

「ありがとう。ジジ、あなたも早く避難してね」

「ああ、そうするよ」

うなずいたジジが、いきなりサクラの腕を強く引いた。

隙《すき》をつかれてよろめいてしまい、ジジの胸の中に倒れ込む。

次の瞬間、背中に、鋭い痛みが走った。

「え……?」

サクラは膝《ひざ》をついて、前のめりに倒れた。

背中に刺さったクナイが、カランと音をたてて床《ゆか》に落ちる。

「ごめんね、先生」

ドクン!

心臓が大きく揺れて、サクラの身体を芯から揺らした。鼓動がドクドクと耳鳴りのように響《ひび》き、手や足の先がすごい勢いで冷たくなっていく。反比例するように、身体の奥はビクビクと痙攣《けいれん》して熱い。全身の細胞が沸騰《ふっとう》するみたいだ。

この症状。

サスケが瑪瑙《めのう》から受けた毒と、同じだ。

「ザンスールと……グル、だったのね……」

サクラは、視線だけ動かして、ジジをにらみつけた。

「そうだよ。先生がサスケの仲間だってわかったあとも、泳がせてたんだ。天体絵図の謎《なぞ》はオレらじゃ解けなかったから」

ジジはしゃがみ込み、動けないサクラの白衣のポケットから、極粒子《きょくりゅうし》の入った器《うつわ》を抜き取った。

「それ……返して……」

しびれて震える手を必死に動かして、サクラはジジの足首を掴《つか》んだ。

極粒子を、ジジに渡すわけにはいかない。ナルトと約束したのだ。サスケと一緒に、必ず手がかりを持ち帰るって。

ジジは舌打ちをひとつして、サクラの顔面を蹴り上げた。吹き飛んだサクラの身体は廊下の壁に叩《たた》きつけられ、大きなヒビを作った。背骨に走った衝撃が、じんと脳天まで突き抜ける。身体は一秒ごとに動かなくなって、立ち上がるどころか、呼吸をするので精一杯だ。

「は……っぁ、はあ……っ」

ジジは、暗い瞳で、サクラの顔をのぞき込んだ。

「オレ、先生のこと、結構本気でイイと思ってたんだ。恋人に似てたんだよ、声とか仕草とか。だから、こんなところで死んじゃうなんてすごく残念だ。でも、アンタはマーゴじゃないもんな」

すまなそうに言い、胸の前で印《いん》を結ぶ。

すると、地響きとともに、中庭にできた裂け目がめりめりと盛り上がっていった。もうすぐ花ざかりを迎えるはずだった扁桃《アーモンド》の木が、根元からねじ切れて、いくつかの蕾《つぼみ》をつけたまま横倒しになった。

姿を現したのは、鱗《うろこ》をまとった、巨大な蛇《へび》のような生き物。

「なんだ、コイツ……」

居合わせた囚人たちは、月を遮《さえぎ》るほどの巨大な体軀《たいく》を見上げ、目を見張った。

蛇の胴に見えたのは、十メートルを超す長い首だった。尾も同じだけの長さがある。四階建ての研究所を悠々と見下ろす、史上最大級の竜獣——巨大獣《ティタン》が甦ったのだ。

数千万年の眠りから覚めた巨大獣は、伸びをするように、空に向かって首を持ち上げた。ぶんと揺れた長い尾の先が、倒れた雑居棟の残骸《ざんがい》を薙《な》ぎはらう。重たい瓦礫《がれき》が水しぶきのように舞い上がり、あたり一帯に降り注いだ。

「あいつはバカみたいにデカいから、ちょっと動いただけで全部壊しちまう。だから、最後まで転生させずにいたんだ」

巨大獣が前足を持ち上げ、ズンと片足を前に踏み出す。

途端にすさまじい音がして、研究所全体が斜めに傾いた。巨大獣の重みで、建物の土台が崩れたのだ。

部屋全体が大きくたわみ、天井に亀裂が入った。みるみるうちに廊下の奥まで裂けていく。重みに耐えられなくなった漆喰《しっくい》の壁が、ウエハースのように剝《は》がれ落ちた。

ジジが窓枠に足をかけると、巨大獣は頭を垂れ下げて術者を迎えた。巨大獣の頭の上に飛び移り、ジジはサクラの方を振り返った。

「じゃあね、先生」

崩れた天井板が、ばらばらとサクラに降り注ぐ。

「……ッ！」

身体を動かすこともままならず、サクラは裂けた床板に飲み込まれて、一つ下の階に叩きつけられた。瓦礫が顔面を打ち、倒れてきた壁の下敷きになって、視界が真っ暗になる。

サクラを飲み込んだまま、研究所は轟音《ごうおん》とともに崩落《ほうらく》していった。

◆

共犯はジジだ。

サスケは瑪瑙とともに、逃げてくる囚人たちの流れに逆走して、出くわした竜獣たちを片っ端から斬り捨てながら研究所へと急いでいた。

ザンスールはカカシのことを、「あなたたちのお仲間」と言った。サスケに仲間がいることを知っているのは、ジジしかいない。

ザンスールは忍《しのび》ではなかった。転生術を使っているのは、ジジの方だ。サスケに忍だと気づかせずに潜伏《せんぷく》し、禁術を使いこなして複数の竜獣を一度に甦らせているのだから、かなりの使い手であることは間違いない。

研究所の敷地だった場所は、ひどい有様《ありさま》になっていた。塀も雑居棟も書庫もすっかりつぶれ、かろうじて建っているのは本棟だけ。あちこちで、千切《ちぎ》れた人間の身体がひとかたまりに積《つ》み重《かさ》なり、竜獣たちはその山の中に頭を突っ込んで食事をしている。人々が闇雲《やみくも》に逃げまどう混乱の中に、サクラの姿は見当たらなかった。ザンスールを探しているのだとすれば、本棟の中にいるのだろう。

「瑪瑙、ここからは別行動だ。お前は、囚人たちの避難を援護しろ。一人でも多く逃がすんだ。いいな」

瑪瑙に指示を出し、本棟の方を振り返る。

と同時に、ものすごい地響きが轟《とどろ》いた。

すでに裂けていた中庭がいよいよバキバキに砕け飛び、その下から、三十メートルはあろうかという巨大な竜獣が姿を現す。重みで地中の土台が破壊され、本棟の壁に大きな亀裂が入り、そして――一気に崩落した。

頭の中が、真っ白になった。

研究所の中には、まだ、妻がいるはずだ。

「サクラ！」

砂煙の中に飛び込み、サスケは手当たり次第に、目の前の瓦礫を掻《か》き分《わ》けた。

「サクラ！　どこだ！」

呼びかけても、返事はない。

何度写輪眼《しゃりんがん》で探っても、サクラのチャクラを感じることはできず、そのことがサスケをますます焦らせた。どこにサクラがいるのかわからない以上、下手《へた》に瓦礫を吹き飛ばすことはできない。

サクラは並大抵《なみたいてい》の上忍《じょうにん》ではない。この程度の瓦礫の下敷きになったところで、本来なら問題にはならないはずだが、チャクラを使えない状態にあるのなら、話は別だ。

瑪瑙の爪に塗られていた、あの毒薬。もしも同じものを使われていたら、自力では脱出できない。それは、同じ毒を食らったサスケが一番よく知っている。

「クソッ……」

サスケは焦燥《しょうそう》に駆られて唇《くちびる》を噛《か》んだ。

何かないか。サクラを探す方法が。
必死に考えようとするが、焦りで思考がまとまらない。結局、目の前の瓦礫をひたすら
に掻き分けるしかなかった。
「返事をしろ！　サクラ！」

気づいたら、目の前には、剝がれた漆喰の壁があった。突き出た釘の切っ先は、サクラ
の右目の手前二センチのところで止まっている。
私……どうしたんだっけ……。
朦朧《もうろう》と記憶を探り、研究所の崩落に巻き込まれたことを思い出す。
視線を下げれば、胸から下が大きな柱の下敷きになっていた。腿《もも》の裏側を水がつたう感
触があったが、どこから出血しているのかは判別できない。すうっと息を吸うと、内臓が
よじれるような不快感が胸の奥からこみあげた。
おそるおそる身体を動かしてみる。左手は何かに挟まれて動かなかったが、右手は動い
た。目の前の瓦礫を押しのけると、ずるりと動いて視界が少しだけ開ける。瓦礫に縁《ふち》どら
れた狭い星空が、土煙の向こうに透けていた。

チャクラを練《ね》ろうとしても、体内にあるはずのチャクラ管はぴくりとも反応しなかった。まずい状況だ。身体はしびれて動かず、声を出そうとしても、喉《のど》の奥がヒューヒュー鳴るばかりで音にならない。そして、チャクラを練れないということは、サスケの写輪眼で見つけてもらえないということだ。

自力で脱出するしかない。

「っく……ぅ！」

サクラは、痙攣する腕を必死に動かして、身体にのしかかる瓦礫を押しのけようとした。瓦礫が少し浮いた瞬間、どこかで煉瓦《れんが》が滑《すべ》り落ちる音がして、びくりと手を止める。これをどけたら、別の場所が崩れるかもしれない。自分のほかに誰がどこに埋まっているかわからない状況で、これ以上瓦礫を動かすわけにはいかなかった。

八方ふさがりだ。

「っは……はぁ……」

荒い息をつくサクラの視界が、ぼんやりと白くぼやけた。

今こうしている間にも、甦った竜獣たちが囚人を襲っているというのに、何もできないことが悔しくてたまらない。

脈拍はすっかり凪《な》いで、恐ろしいほど静かになっていた。手足が氷のように冷え、まるで、末端から死のうとしているみたいだ。体中の細胞が疲れきって、機能を停止させたがっている。

だめ……今、気絶したら、そのまま死んじゃう……。

サクラは唇を噛み、必死に意識を保とうとしたが、身体から力が抜けていくのはどうしようもできなかった。気力でどうにかなるような毒じゃないことは、医療忍者であるサクラ自身が一番よく知っている。

桜色のまつ毛が、ゆっくりとサクラの視界をふさいでいく。

意識が、ずぷりと脳の底へと沈んでいく。

「――サクラ！」

耳になじんだ声が、消えかけていたサクラの意識を引き戻した。

ゆるゆるとまぶたを開ければ、会いたくてたまらなかった人の顔が、目の前にある。

身体を押しつぶしていた重みは、いつの間にか消えていた。周囲の瓦礫は全《すべ》てどけられ、サクラはサスケに肩を支えられて、抱き起こされていた。

サスケくん、と呼ぼうとしたが、胸が熱く焼けるようで言葉にならない。それでも、今持っている情報を伝えようと、サクラは必死に喉を震わせた。

「……ジ、ジが……うらぎ」

「しゃべるな」

サスケは短く言って、サクラの背中の傷に触れた。

手のひらから送り込まれたチャクラが、ぬるい熱を伴《ともな》ってサクラの中に流れ込む。毒の作用が消え、冷えきっていた四肢《しし》に体温が戻っていく。が、同時に痛覚もクリアになってあちこちに激痛が走った。

「動けるか?」

「うん……」

まだ、喉は思うように動かない。それでもサクラが小さくうなずくと、サスケはようやく、わずかに表情をゆるめた。

「サスケく……来てくれて、ありがとう……」

安心したら、こらえてた涙がぽろぽろ出てきた。

「ごめ……私、ジジを止められなくて……なにも、役に」

「自分がそんな状態のときに、そんな理由で謝るな」

この人に、こんな顔をさせるくらい心配をかけたのだと思うと、サクラは自分のことが不甲斐《ふがい》なかった。でも、それ以上に、今目の前にサスケがいることにほっとする。このまま死ぬかもしれないと思ったとき、何より怖かったのは、サスケやサラダにもう二度と会えないことだったから。

背中の傷がゆっくりとふさがっていく。慣れた感触の指先が、サクラの濡《ぬ》れた頬《ほお》をぬぐった。

◆

「壮観だな」

巨大獣の背に立ち、逃げまどう囚人たちを見下ろして、ザンスールは鼻で笑った。隣には、ジジの姿もある。

「たまらない気分だよ。長い時間をかけた計画が、ついに整《ととの》ったのだから」

「そうだろうな」

ジジは、眼下の惨状《さんじょう》を冷ややかに見下ろしてうなずいた。

圧倒的な脚力を誇る鳥脚獣《オルニト》が、人の背丈の倍ほどもある長い後脚を駆使し、砂煙をあげて囚人たちを追いかけまわしている。茶色い羽毛に覆われたその姿は、駝鳥《だちょう》にそっくりだ。

鳥脚獣が、後ろ脚をぶんと薙ぎはらう。まともに食らった囚人の身体は、血が詰まった水ふうせんのようにパンと破裂して、あっという間に肉塊《にくかい》と化した。巻き添えを食って鉤《かぎ》爪《づめ》に背中を裂かれた男が、血まみれでのたうちまわっているのを見て、ザンスールは眉をひそめた。

「見苦しいな……ジジ、楽にしてやれ」

ジジは無言で、巨大獣に視線を送った。巨大獣が、老木の幹のような前脚を持ち上げる。ズン、ズンと歩《ほ》を進めて、苦しむ男をあっけなく踏みつぶした。

あちこちで、鳥脚獣に蹴散らされた囚人の身体が、十数メートルも高く舞い上がった。落ちてくる身体の下敷《したじ》きになって死ぬ者もいる。乾いた大地のあちこちで噴《ふ》き上《あ》がる鮮血を、ザンスールはうっとりと眺《なが》めた。

「素晴らしい戦士だ。宰相《さいしよう》様もきっとお喜びになるね」

そう言って、遥か頭上にある巨大獣の頭を仰《あお》ぎ見《み》る。

「囚人を皆殺しにしたら、このまま首都に向かい、宰相様と合流する」

「それはいいが、オレとの約束も忘れんなよ」

「もちろんだ。ナナラたちを皆殺しにしたらすぐに薙苓《ナガレ》へ向かって、お前の恋人の遺体を探してやるよ。私は、受けた恩は忘れない。これだけの戦力が手に入ったのは、チャクラを使えるお前が転生術を実行してくれたおかげだ」

地上では鳥脚獣が、長い首を地面に這《は》わせて、周囲のにおいをかぎまわっていた。くんくんと鼻を鳴らしてにおいをたどり、崩れた壁の瓦礫へと行きつく。前足の爪を折り曲げて器用に瓦礫をどけると、陰《かげ》に隠れていたガンノが、へたり込んで震えていた。

「おや。彼は確か、お前の同房だったたな」

ザンスールが、楽しげな目を向ける。ジジは無言のまま、腕組みしてガンノを見下ろした。

「く、来るなっ……！」

ガンノは腰を抜かし、尻《しり》を地面につけたまま後ずさった。逃げる途中で脱げたのか、右足だけが素足だ。ふやけて毛の伸びた足の爪は、鮮やかな紅色《べにいろ》の顔料で場違いに彩《いろど》られている。

鳥脚獣はゆらりと左脚を持ち上げ、ガンノの痩《や》せた身体に向かって踏み下ろした。

「うわあぁぁあああッッッ……!!」

悲鳴が、途中で千切れた。

ぽたん、と鮮血が滴《したた》り落ちる。

一瞬の静寂《せいじゃく》のあと、すっぱりと切れた鳥脚獣の足首が、地面に転がった。

「……なに？」

ザンスールが、眉を寄せる。

ガンノの前に立ちはだかった瑪瑙《めのう》は、片側の足首を失ってぐらりとバランスを崩す鳥脚獣の胴に飛びかかり、食いついた。

「ギャァ！」

悲鳴をあげて倒れ伏した鳥脚獣は、身体をよじって瑪瑙を振り落とそうとした。暴れる長い首に、瑪瑙が牙《きば》を突き立てる。

仲間の悲鳴を聞きつけ、別の鳥脚獣が駆け込んできて、瑪瑙に背後から飛びかかった。が、瑪瑙が寸前で反応して避《よ》けたため、仲間に体当たりする形になってしまう。二頭の鳥脚獣はもんどりうって、巻き添えになった数人の身体をつぶしながら数十メートルも転がり、雑居棟の瓦礫に突っ込んでようやく止まった。

「ジジ、どうなってる。なぜ瑪瑙が囚人どもの味方をしてるんだ！」

ザンスールに責めたてられ、自身がかけた転生術の状態を確認して、ジジはようやく異変に気づいた。

「瑪瑙の支配が解けてる……」

「サスケか？」

「多分」

鳥脚獣が瑪瑙に気を取られている隙に、ガンノはすでに逃げている。

ザンスールは苛立《いらだ》たしげに舌打ちをかみ殺したが、すぐに「まあいい」と気を取り直した。

「たかだか瑪瑙を取られたくらい、痛手にもならんさ」

「だといいけどな」

自分の数倍も大きい鳥脚獣を相手に、瑪瑙は奮闘した。小さな身体で攻撃をかいくぐり、果敢《かかん》に飛びかかって、囚人たちが逃げる時間を稼いだ。しかし、初めは一対一だったのが、二対一になり、三対一になり、ついには五体もの鳥脚獣に取《と》り囲《かこ》まれてしまう。

逃げ場を失った瑪瑙に、脚撃《きやくげき》が迫《せま》る。

ガキィン！

振り下ろされた脚首を受け止めたのは、サスケの刀の鍔元《つばもと》だった。そのまま鍔を押し込めば、鳥脚獣は片足を上げたまま、もんどりうって後ろに倒れてしまう。

「よく時間を稼いだな」

サスケに褒《ほ》められて、瑪瑙はグルグルと嬉《うれ》しそうに喉を鳴らした。

鳥脚獣たちから瑪瑙を背中にかばい、サスケは静かに聞いた。

「どうする、瑪瑙。荷が重ければ、こいつらはオレがやってもいい」

バカにするな、と言わんばかり、瑪瑙が地面を蹴り上げる。サスケは、フ、と小さく笑って「後ろに飛ぶぞ」と声をかけた。サスケと瑪瑙が同時に地面を蹴った次の瞬間、鳥脚獣の鉤爪がブンと空《くう》を薙いだ。

「まともに相手をしても、効率が悪い。距離を取りながら、相手が攻撃を仕掛けてくる隙を逆に狙え」

鳥脚獣は、馬鹿の一つ覚えで、瑪瑙へと突進してくる。一度距離を取ってしまえば、その動きは単純で、先読みしやすい。

瑪瑙はサスケの指示通りにタイミングをはかり、ぐっと低く沈み込んだ。襲い込んできた鉤爪が、瑪瑙の頭上を空振《からぶ》りする。勢いあまって、鳥脚獣は、ぐらりとバランスを崩した。

「今だ！」

相手の懐《ふところ》に踏み込んだ瑪瑙が、喉元に食らいついて引きちぎる。首から先と胴とを両断され、鳥脚獣は二肢を投げ出して倒れた。が、すぐに塵芥《じんかい》が傷口を覆い、修復していく。

サスケは長刀を突き刺して、頭と胴をそれぞれ地面に固定して拘束した。

息つく間もなく、横合いから、赤褐色《せきかつしょく》の塊《かたまり》が瑪瑙へと飛びかかった。

肉食獣《ティラノ》――この地で化石が採《と》れる種の中で、最も強く凶暴な竜獣だ。すさまじい力で押さえつけられ、瑪瑙は必死に身体をよじった。しかし、体格差がありすぎて、全く抜け出せない。

肉食獣が瑪瑙を組み敷くのを眼下にとらえ、ザンスールは楽しげに目を細めた。

「せっかくの同族対決だが、白熱しそうにないな」

「同族？」

ジジが意外そうに聞き返した。「瑪瑙と肉食獣が？」

「そう、瑪瑙も肉食獣だよ。まだ子供だがね」

言われて観察してみれば、確かに骨格はよく似ている。肉食獣が赤褐色に見えたのは返り血を浴びていたためで、本来の皮膚は、瑪瑙と同じ灰色をしているようだった。

ジジに、古生物の知識はない。ザンスールの共犯に選ばれたのは、忍としての実力をかわれたためだ。逆に言えば、ザンスールは、忍の世界の事情に疎《うと》い。

「成獣を相手に瑪瑙を一人で立ち向かわせるとは、残酷《ざんこく》なことをする。それとも、サスケの実力では、助太刀《すけだち》もできないのかな」

「いや……多分、不利なのは肉食獣の方だ」

ジジが言い、ザンスールは「どういう意味だ？」と不可解そうに眉を寄せた。

筋骨隆々《きんこつりゅうりゅう》の肉食獣を前にして、瑪瑙はずいぶんと小柄に見える。同種の生物同士で、しかもここまで体格差がある以上、戦う前から勝敗は決まっているように思えた。――が。

瑪瑙は咆哮《ほうこう》とともに、肉食獣を押し返した。

「なにっ……!?」

力負けした肉食獣が、ひっくりかえる。

驚くザンスールの眼前で、瑪瑙は肉食獣の腹に思いきり食いついた。肉食獣は身をよじり、あちこち転げまわって瑪瑙を振りほどこうとするが、鋭い牙は深く食い込んで離れない。

「バカな……瑪瑙が、押しているのか？」

「召喚時《しょうかん》、口寄《くちよ》せ動物は、術者からチャクラの供給を受けるんだ」

ジジが冷静に説明する。「瑪瑙は、サスケと契約を結んでチャクラの供給を受けている。ほかの竜獣たちよりも強くなるのは当たり前だよ」

口寄せは、術者と動物との間で共存共栄の関係を築くためのものであり、片方が片方を助けるだけの一方的な術ではない。術者は動物の力を借り、また、動物はチャクラの力を得ることで、より強い個体へと変化する。

「サスケの戦闘力は未知数だ。全員でかからないと、勝てないと思うよ」

「そういうことは早く言え」

ザンスールがジジをにらんだ直後、研究所の方から「しゃーんなろーッ！」と叫び声が聞こえてきた。続いて、ドゴォッ！と壁を砕く音。かろうじて立っていた西側の壁が轟音とともに崩れ去り、これで敷地を囲む壁は全てなくなってしまった。

「もう一匹、鼠《ねずみ》がいるようだな。ここは私に任《まか》せて、お前はあっちに行け」

「……あぁ。そうだな。今度こそ、始末してくるよ」

ジジが空へ視線を上げると、翼竜が飛んできてジジをすくいあげた。塀の外へ逃げたサクラを追って飛んでいく。

「飼い犬に手を噛まれた気分だな……」

ザンスールは苦々しげにつぶやいて、瑪瑙をにらんだ。

小柄な竜獣は、牙から血を滴《したた》らせ、黄色い目を冷たく眇《すが》めてかつて服従していた相手を見つめ返した。その背後には、囚人番号四八七番――サスケの姿がある。

「飼い主を鞍《くら》替《が》えしたこと……後悔させてやろう」

ザンスールがすっと右手を挙げる。それを合図に、竜獣たちの目つきが一斉に変化した。

巨大獣が、咆哮とともに前脚を持ち上げた。翼竜たちが旋回《せんかい》し、翼をすぼめて突っ込んでくる。そして囚人の死体をついばんでいた鳥脚獣たちまでもが、瑪瑙めがけて向かっていき——あらゆる竜獣たちが、なだれを打って、瑪瑙とサスケへと襲いかかってきたのだった。

八章 chapter 8

束になってかかってくる竜獣《りゅうじゅう》たちを、サスケはまとめて迎え撃とうとした。須佐能乎《スサノオ》を出すか千鳥《ちどり》を使うかして一瞬でカタをつけるつもりだった……が、瑪瑙《めのう》が自分を守るように立ちはだかったのを見て気が変わった。

「瑪瑙。小さい連中はオレが引きつける。お前は一番デカいやつをやれ」

応《こた》えるように、瑪瑙が自信満々で尾を振り上げる。

サスケは瑪瑙の胴体を抱きかかえ、目くばせして、巨大獣《タイタン》に向かって投げ上げた。ついでに、瑪瑙とすれ違いに滑空してくる翼竜《プテラ》たちへと、雷遁《らいとん》の電撃を食らわせる。翼竜たちは気絶して次々と落下し、電撃を免《まぬが》れた翼竜は目をくらませたまま突っ込んできて、鳥脚獣《オルニト》と正面から衝突した。鋭い嘴《くちばし》が鳥脚獣の胴体に深々と突き刺さり、怒った鳥脚獣は無茶苦茶に両脚を踏み鳴らして、敵も味方もなく暴れまわった。

一方、瑪瑙は、巨大獣の尾の先に食いついていた。そのまま綱渡りのように尾の上をつたって、ザンスールへと迫《せま》る。

「おい、瑪瑙を私に接近させるな！」

ザンスールが金切り声をあげるが、背の上は巨大獣の死角だ。構造上、首も尾も届かない。

「翼竜！　早く助けろ！」

命令を受けて、上空にいた翼竜のうちの一頭がザンスールのもとへ急いだ。間一髪で襟《えり》首《くび》を咥《くわ》えられてザンスールは上空へと逃《のが》れ、瑪瑙の爪は空振《からぶ》って巨大獣の背を裂いた。

巨大獣は悲鳴をあげ、瑪瑙を振り落とそうと身体《からだ》をよじる。瑪瑙はあえて逆らわず地上に降りると、サスケが先ほど目くばせした方へと走った。巨大獣が、瑪瑙の十倍以上の歩幅であとを追う。

ザンスールは、はぁはぁと荒い息をついて、ずり落ちた眼鏡《めがね》を上げた。

「瑪瑙ごときに手こずらされるとは……」

支配していたと思っていた存在に牙《きば》を剝《む》かれたことが、癇《かん》に障《さわ》って仕方ない。新しい飼い主の入れ知恵のせいか。四八七番――サスケは、今も地上で、ザンスールの大切な戦力を削りまくっている。

ザンスールは舌打ちして、近くを飛ぶ翼竜たちに向かって大喝《だいかつ》した。

「お前ら、なにをボンヤリ見ている！　サスケを殺せと言ったはずだ」

そう言われても、サスケの周辺は乱戦状態だ。サスケ本人は傷一つ受けず、器用に攻撃を避《よ》けながら、竜獣同士の共討を誘っている。

数が増えればかえってサスケの有利になることを知りつつ、翼竜たちはザンスールの命令に逆らえずに向かっていった。が、あえなく電撃を食らって、サスケにたどり着く前に落とされてしまう。

「あまり竜獣たちをアゴで使わない方がいいな」

落ちてきた翼竜を風遁《ふうとん》で受け止めてやりながら、サスケはザンスールを挑発した。「転生術の使用者は、お前ではなくジジだ」

「戯言《たわごと》を……」

ザンスールの額《ひたい》に、青筋が浮かぶ。

瑪瑙は、サスケの指示で巨大獣を誘い出していた。岩場から岩場へと器用に渡りながら、斜面を降りていく。追いかける巨大獣は、小回りが利《き》くタイプではない。足場にした岩を次々に粉砕しながら、よたよたと瑪瑙を追っていた。

肉食獣《ティラノ》の頭を踏み台に飛び上がったサスケは、瑪瑙が湖の手前まで到達したのを確認して、声を張りあげた。

「腱《けん》を切れ！」

サスケの一声に反応して、瑪瑙が方向転換した。巨大獣の腹の下に入り込み、そのまま尾の付け根まで駆け抜けて、丸太のような後脚に深々と食いつく。身体をよじる余裕すら与えず、足首の筋肉を骨ごと食いちぎった。

巨大獣はたまらず、ガクンと膝《ひざ》を曲げた。バランスを崩して横ざまにどうと倒れ、湖の中に頭から突っ込んでしまう。

ものすごい水しぶきが、雲の上まで跳《は》ね上がった。

「役立たずめ。おい、早く湖から出ろ！」

浮力の恩恵を受け、巨大獣はすぐに身体を起こすことができた。が、湖底は沼のようになっていて、巨大獣の体重を支えきれず、ずぶずぶと脚を飲み込んでいく。踏ん張りがきかないので這《は》い上《あ》がることができず、巨大獣は首から上を水面に出したまま、身動きが取れなくなってしまった。

「クソッ、図体がデカいのが裏目に出たな……」

いまいましげに吐き捨てて、ザンスールは翼竜に指令を下した。

「おい、地上に降りてアイツを湖の中から引き上げろ！」

ザンスールは、自分が致命的な命令を出したことに、まだ気づいていない。

竜獣たちは、術者でない者から、複数の命令を受けることはできない。そして、たった今、ザンスールの命令は『地上に降りて巨大獣を助ける』という内容に上書きされた。その結果、翼竜はかぱっと嘴を開いて重い荷物を地面に落とし、身体を軽くしてから、巨大獣のもとへと滑空を始めたのだ。

「ウワァ——ッ‼」

ザンスールの身体は岩場に叩《たた》きつけられ、鳳仙花《ほうせんか》のように真っ赤に弾《はじ》けた。二度三度と跳ねて転がり、歪《いびつ》な形に固まってようやく止まる。サスケは舌打ちをして岩場に降り、砂まみれになったザンスールの身体を確認したが、もはや原型は残っていない。

あっけない最期《さいご》は、転生術への無知ゆえだ。

上空の翼竜が、ギャアと一鳴きして、研究所の方へと旋回《せんかい》した。ザンスールが事切れたことで、彼の命令が消えたのだ。竜獣たちは散り散りになって、再《ふたた》び囚人たちを狙い始めた。

「瑪瑙、研究所へ急ぐぞ」

そのとき、竜獣たちがいなくなったタイミングを見計らうように、一羽の鷹《たか》が降りてきた。カカシとの通信に使っていた鷹だ。脚の先に、手紙をくくりつけている。

「こんなときに、伝令か……」

サスケはせわしなく手紙を開いた。カカシが支援していたクーデターが成功したこと、宰相《さいしょう》は捕えられ、新王ナナラとともに首都へ向かったことなどが、見慣れた字で書かれている。無事に事態を解決してどうやらカカシは気がゆるんでいるらしく、ナナラの様子《ようす》や同行の侍女のことまで、のんびりと書き連ねてあった。

薙苓《ナガレ》の方は解決したか。

手紙を乱暴にポケットに突っ込んで、サスケは研究所へと急いだ。

◆

サクラは、襲ってくる竜獣たちの身体を次々と吹っ飛ばし、囚人たちが逃げる時間を稼いでいた。

突っ込んできた鳥脚獣の後脚を受け止め、くるりと背負い投げて、地面に打ちつける。

すると、二人の囚人が駆けてきて、倒れた鳥脚獣の身体に馬乗りになった。

ガンノ。それにペンジラだ。

鳥脚獣の膝の裏を、二人は握りしめた鍬《くわ》で滅多《めった》打ちにした。

「ギャア！」

鳥脚獣はのけぞって暴れるが、膝の骨を砕かれては立つことができない。粉砕された関節は、塵芥《じんかい》を集めてすぐに再生していく。回復を追いつかせまいと、ガンノとペンジラは必死の形相《ぎょうそう》で鍬を振り下ろした。

「クソっ……治るなっ！　治んじゃねえっ……！」

やりすぎだ、と言いかけてサクラは口を閉じた。死に物狂いなのは、人も竜獣も同じだ。甦《よみがえ》った竜獣たちは、囚人たちの目には強力なモンスターに見えたかもしれない。しかし、竜獣たちも必死だ。鳥脚獣や堅頭竜《ケファロ》などはそもそも草食で、ほかの生物を捕食する能力を備えてすらいない。それでも彼らは、「囚人を皆殺しにしろ」という術者の命令に抗《あらが》うことができないのだ。

「はッ！」

上空から高速で突っ込んできた翼竜の身体を、サクラは気合の一声とともに受け止めた。争いに向かないのは、翼竜も同様だった。空を飛ぶために進化した身体は極端に軽く、十メートルを超える体長に対し体重はわずか十キロにも満たない。唯一の武器は鋭利に尖《とが》った嘴だが、何度か囚人たちの脳天をカチ割ったあとでは、すっかりひしゃげて使いものにならなくなっている。

それでも、撤退《てったい》は許されない。死ぬことも。穢土転生《えどてんせい》で甦った魂《たましい》は、術者の命令に絶対服従だ。翼竜とサクラはしばし組み合って押し合い、やがて翼竜の方が引いた。翼を広げ、上空へ逃《のが》れようとするが、群がってきた囚人たちに捕まって、地上へ引きずり下ろされてしまう。

翼竜は死に物狂いで、囚人たちの頭を乱れ突いたが、血みどろになっても誰一人手を放さない。前脚の指から進化した羽軸《うじく》は枝のように軽く、羽交《はが》い絞《じ》めにされただけで、簡単にへし折れた。初めはギャアギャアと助けを求めて鳴いていたが、叩きつぶされた首の骨が気道をふさぐと、かすれた呼吸を繰り返すばかりになった。

傷つけられたそばから、転生術の塵芥が傷を覆《おお》い、回復していく。囚人たちは、復活させまいと、必死で翼竜を石で打つ。どちらにとっても、永遠に終われない拷問《ごうもん》だ。転生術が解除されない限り。

早く。ジジを探して、竜獣たちを解放しないと。

思った途端、ふらりと眩暈《めまい》を感じた。

膝をついた瞬間、背後に殺気を感じて、サクラは横ざまに倒れ込んだ。桜色の髪をかすめたクナイが、深々と地面に刺さる。

「ジジ……！」

間髪《かんはつ》入れず、サクラは身体をひねって俊敏に立ち上がった。自分の背丈《せたけ》ほどもある瓦礫《がれき》を持ち上げ、ジジに向かってぶん投げる。ジジが刀を抜き、瓦礫を一太刀《たち》で両断した。ばらばらと地面に降りそそいだ破片の向こう側に、すでにサクラの姿はない。

逃げたか……。

ジジはスンと鼻を鳴らした。この期《ご》に及んで、無駄なあがきだ。

上空の翼竜が、崖《がけ》を降りるサクラの姿を見つけてジジに報告する。

サクラの動きはにぶい。崩れゆく研究所からどう脱出したのか定かでないが、どうやら毒から完全回復したわけではないようだ。

ジジは走りながら印《いん》を結び、地面に手を突いた。

「土遁《どとん》・土流壁《どりゅうへき》！」

盛り上がった土の壁に行く手を阻《はば》まれ、足を止めたサクラにジジが追いつく。

壁際《かべぎわ》に追いつめられ、サクラはきつい眼差《まなざ》しでジジをにらんだ。

「……あなたの目的は何なの？」

ギャア、と遠くで悲鳴が聞こえた。人のものか竜獣のものかはわからない。

「こんな風に、竜獣も人も苦しめて……一体、何がしたいのよ!?」

「先生に二回もとどめを刺すのは、気が引けるよ」

それは、ジジの本心だった。勝手な言い分だが、先生とサスケには、できれば生き延びてほしかった。でもこうなった以上は、殺さないと。

サスケに言ったのにな。奥さんを一人にしちゃダメだって。

後ずさったサクラの背中が、土の壁にトンと触れる。

ジジはじりじりとサクラに迫り、手前に一歩、足を踏み出した。

パン！

何かがはじけるような音がして、突然、身体が動かなくなる。

「!?」

しまった、と思ったときにはもう遅かった。あちこちの関節が頑強《がんきょう》に固定されて、身体をよじることとさえできない。

結界。それも、待ち伏せ系のトラップだ。

足元の砂が風で飛び、呪印《じゅいん》を刻んだ札《ふだ》が姿を現した。じわじわと浮かび上がった真っ赤なチャクラ糸が、ジジの身体を雁字《がんじ》搦《がら》めにしている。

対象者が札の上を通過すると、術が発動する仕掛けになっていたらしい。逃げるふりをして、サクラは最初から、この場所に自分を誘い込んでいたのだ。

「クソ……ッ」

ジジは袖《そで》の中からクナイを出し、チャクラ糸を切りつけた。しかし、糸はバチバチと内包していたチャクラを放出するばかりで、切れ目すら入らない。手首には、いつの間にか、桜の花びらをかたどった印が浮き出ていた。

「いつの間に……オレに、こんな印を……」

「前に医務室に来たとき、念のためにね」

サクラは落ち着いて言った。「私は医者よ。チャクラの使い手かどうかくらい、一度診察すればわかるわ」

なんとか抜け出せないかと、ジジは必死にもがいたが、自力で抜け出すのは無理だとすぐに気づいて、力を抜いた。

まだだ。まだ負けたわけじゃない。ザンスールがこっちに合流してくれれば、抜け出す隙《すき》がある。もしくは、サクラに術を解かせる隙はないだろうか。転生術を解除するのと交換条件で――……。

抜け目なく勝機を探っていたジジは、突然ものすごいチャクラの気配を感じて、ぞわりと脳髄《のうずい》を震わせた。

膝から力が抜ける。わずかに残っていた勝利の可能性が、一瞬にして砕け散るほどのチャクラの圧。

「ジジ。転生術の使用者は、お前だったか」

背後で、低い声がする。

瑪瑙を引き連れて現れたのは、これまでそんな殺気など一度も見せたことのなかった同房者だった。


サスケはジジの上着の懐《ふところ》に手を差し入れ、極粒子《きょくりゅうし》の器《うつわ》を取り返した。続けて内ポケットを探ると、ビニールに密封された黄色い液体が入っていた。

「これが、サクラやオレに使った薬か」

ふつふつとこみあげる怒《いか》りを抑《おさ》え、写輪眼《しゃりんがん》を発動してジジと向き合う。サスケの眼を見るなり、ジジは息をのんだ。

「その眼……お前、うちはか。そりゃあ、ザンスールじゃあ歯が立たないよな。てか、勝ち目がないのはオレも同じか」

力なくつぶやくと、ジジは、赤い瞳と自《みずか》ら視線を合わせた。

「オレに幻術《げんじゅつ》をかけるんだろ。いいぜ、好きにしろよ。なんなら、一生覚めないようにしてほしいな」

「楽な目には遭《あ》わせない。やったことは償《つぐな》ってもらうが、幻術にかける前に聞きたいことがある」

サスケは一度写輪眼を引っ込め、声のトーンを落として続けた。「お前の目的は何だ？　ザンスールの目的は、甦らせた竜獣を戦争の兵器として使うことだった。だが、お前はそんなタイプじゃないだろう」

「そんなタイプって」

「国のためを思って行動するようなタイプだ」

ひでえ、とジジは力なく笑った。

「それはお前の主観じゃん。ザンスールの信念に賛同して、協力したのかもしんねえだろ」

「それなら、どうしてペンジラを助けた」

ジジが、ぱちぱちと瞬《まばた》きして、サスケを見た。

「ペンジラが、瑪瑙に襲われそうになったときだ。囚人を全員始末する気だったのなら、なぜあのとき、見殺しにしなかった。ペンジラに情が移ったのか、あるいは――瑪瑙を殺しの道具にすることに、躊躇《ちゅうちょ》があったんじゃないのか？」

「……どっちもねぇよ。瑪瑙のことはそのつもりで甦らせたし、ペンジラにしたって、たまたま同房だっただけのやつに、情なんか移るわけねえだろ。現にオレはさっき、ガンノが殺されそうになるのを黙って見てたよ」

「でも」

サスケは、ジジの顔を正面から見つめ返した。

「とっさに、身体が動いたんだろう」

自覚しない感情に突き動かされて、人はときどき、思ってもみなかった行動を取ってしまう。

気がついたら親友をかばって、白《ハク》の千殺水翔《せんさつすいしょう》の前に飛び出していたときのことを、サスケは今でもよく覚えている。なんで自分がそんなことをしたのか、当時は心底不思議だったが、今ならわかる。何度も決裂したけれど、あのときから、とっくにナルトはサスケの親友だったのだ。理性も理屈も超えた場所で。

サスケがナルトに抱《いだ》いていた感情と同じだけのものを、ジジが瑪瑙やガンノやペンジラに持っていたとまでは思わない。でも、少なくとも、なにがしかの愛着は抱いていたはずだ。

「ザンスールは死んだ。お前の身柄を烈陀国《レダク》に引き渡して、オレたちは自分の国へ戻る。だがその前に……もしお前に事情があるなら、今ここで話せ」

「なんでだよ」

「知らないまま終わりたくない」

サスケの隣で、瑪瑙が首を伸ばし、わずかに顔を傾けてジジを見つめている。

ジジは、瑪瑙とサスケの顔を交互に見つめ、ふっと表情をゆるめた。

「どうせ、もう計画は壊れたしな」

投げやりにつぶやくと、ぽつぽつと話し始めた。

「オレはもともと砂隠《すながく》れの抜《ぬ》け忍《にん》で、烈陀《レダク》国の宰相に誘われて首都に来たんだ。まだ先王が生きてた頃だよ。宰相は、抜け忍を雇って私設軍を作る計画を練《ね》っていた。それで、忍《しのび》や忍術について指南させるために、オレを呼んだんだ。王宮に滞在する間、宰相はオレに、専属の侍女を一人つけてくれた。で、オレはその子のことを好きになった。戦争に加担するより、烈陀《レダク》国で、彼女と二人でずっと暮らしていきたいと思った」

「そのことを、宰相に知られたのね？」

サクラに聞かれ、ジジは小さくうなずいた。

「一緒にいるところを、誰かに見られたんだろうな。すぐにバレた。でも、宰相は、彼女と一緒になりたいなら私設軍から外《はず》れてもいいって、言ってくれたんだ」

「ザンスールに協力することと、引き換えにか」

「そう。ザンスールはもともと王宮の考古学者でさ。書庫で、死者を転生する術の文献を見つけて、解読に成功したんだ。でも、術の方法がわかっても、ザンスール本人はチャクラを扱《あつか》えない。だから、転生術の実行役として、オレが呼ばれたんだよ。一年間、この研究所でザンスールに協力すれば、あとは好きに生きていいって話だった。オレは彼女に、遠方の任務に召集されたって嘘《うそ》をついて、一年後に必ず首都で会おうって約束した。……でも、一年経《た》つ前に、あいつ、死んじゃったんだよ」

疲れきった表情で地面を見つめ、ジジは淡々と続けた。

「オレが間違ってた。本当に彼女のことが大事だったら、離れたらいけなかったんだ。一人にするべきじゃなかった。……なぁ、サスケ。お前に言っただろ、奥さんを一人にするなって。あれはオレの本心だよ。人って簡単に死んじゃうんだ」

瑪瑙が小さく喉《のど》を鳴らした。話を理解しているのかいないのか、大人《おとな》しく話を聞く瑪瑙を一瞥《いちべつ》して、ジジはまた目を伏せた。

「オレは最初、瑪瑙を甦らせる目的は、囚人たちの監視役にするためだって聞かされてた。本当の目的を告《つ》げられたのは、彼女が死んだと知った日のことだ。竜獣を兵器にするなんて……最初はもちろん、気が進まなかった。でも、ザンスールと宰相は、オレに条件を出したんだ」

「条件？」

「竜獣の復活に協力すれば、彼女の遺体を用意してくれるって。遺体があれば、また会えるだろ」

「転生術で……彼女を復活させようとしたのね」

サクラの表情に気がついて、ジジはへらっと笑った。

「傷つくなあ。先生、そんな顔しないでよ。オレどうしても、もう一回あいつに会いたかったんだ。禁術で、無理やりでもいいから……サスケ、お前がオレの立場だったらどうする？　同じこと、するだろ？」

「………」

そんなことはない、とはどうしても言えず、サスケは押し黙った。思い出すのは、穢土《えど》転生《てんせい》で甦ったイタチと再会したときのこと。誤解が解けたあとで兄とほんの数分でも話ができたことは、サスケの人生の中でかけがえのない記憶になった。それが、たとえ禁術の結果だとしても。

もしも、自分の妻がいなくなるようなことがあれば、自分だって、ジジと同じことをしたいと思うかもしれない。

「そうかもしれないわね」

答えたのは、サクラだった。

「私だって、もしもサスケくんがいなくなっちゃって、目の前に穢土転生の術があったら、手を出しちゃうかもしれないわ。どうしても、会いたくて」

「それなら……」

オレの気持ちもわかるだろう。

言いかけたジジを「でもね」と遮《さえぎ》って、サクラは続けた。

「私たち、二人きりじゃないから。きっと、仲間が止めてくれる。馬鹿な真似《まね》をするなって。私たちがあなたを止めるのも、同じ理由。それに、転生術で無理やり甦らされることを、あなたの恋人は——マーゴは、きっと望まない」

「マーゴ？」

サスケが反応して、顔を上げた。

マーゴ。それが、ジジの恋人の名前か？

さっきカカシから受け取ったばかりの手紙は、ポケットに乱暴に突っ込まれたままだ。

サスケは折り目のついた手紙を開き、文面を目で追った。

「……ジジ、お前は一年以上前からここにいたはずだな。マーゴが死んだと、どうしてわかった」

「オレ宛に、死亡証明が来たんだよ。流行《はや》り病《やまい》で死んだって。宰相の直筆入り」

「宰相もグルだ」

サスケは、カカシからの手紙をジジに見せた。

「オレの仲間からの手紙に書いてあった。独裁政権を倒した新王ナナラは、女王と宰相の身柄を首都へと移送することを決めた。新王に同行するマーゴという女性は、もともと王宮で侍女をしていたことから内部の状況に詳しく、とても頼りになる人物だと」

「……え？」

「信頼できる人間からの情報だ」

手紙の文面を追っていたジジの目の焦点が、震えて定まらなくなっていく。

突然のことで、なかなか飲み込めない。それでも、二度三度と文面をなぞるうち、目から勝手に涙があふれた。マーゴが死んだと偽《いつわ》って、ジジを思い通りに動かす――いかにもザンスールの考えそうなことなのに、どうして気づかなかったのだろう。

アゴをつたったジジの涙が、膝を濡《ぬ》らしたぽたんという音に、枝の折れる音が重《かさ》なった。

ぱきん。

ジジは、はっと顔を上げた。肉食獣《ティラノ》が、気配を消して、サクラの背後に迫っている。ジジに気づかれたことを察した肉食獣は、身体を低くかがめ、勢いよく地面を蹴《け》った。

「先生！」

ジジはとっさに、胸の前で印を結んだ。子《ね》・丑《うし》・申《さる》・寅《とら》・亥《い》・辰《たつ》――転生術の解除印《かいじょいん》だ。

ジジが印を結び終えたとき、すでにサクラは自分で反応して、肉食獣のアゴにアッパーをぶち込んでいたが。

——ギャンッ！

サクラの拳《こぶし》をまともに受けた肉食獣は、軽く吹っ飛んで地面に倒れ込んだ。すぐに起き上がるが、硬く盛り上がった鼻の頭の皮膚が、突然ぽろぽろと剝《は》がれ始める。剝がれた皮膚は砂塵《さじん》となり、風に乗るでもなく、空へと昇り始めた。

ジジが解除印を結んだことにより、竜獣たちが転生術から解放されたのだ。

囚人たちに組み伏せられていた翼竜《プテラ》たちも、脚を折られて地面を這っていた竜脚獣《スピノ》たちも、冷たい水の中でもがいていた巨大獣《ティタン》も。永《なが》い時間の海を漕《こ》いできた竜獣たちは、果てのない眠りと欲にまみれた支配のどちらからもようやく解き放たれ、少しずつ穏やかに、彼岸へと魂を戻していった。

もちろん、瑪瑙もだ。

瑪瑙は別れを惜しむように、かぼそく喉を鳴らした。ゆるく湾曲《わんきょく》した頭を、サスケの脇腹に押しつけ、何度も擦《こす》りつける。左右に揺れる尾が、ぼろぼろと崩れて舞い上がっていく。

「やっと還《かえ》れるな、瑪瑙」

アゴの下を撫《な》でてやると、瑪瑙は気持ちよさそうに目を細めて、ふーんと鼻息を吐き出した。うっすらと血管の透ける鉤爪で、サスケの腰をぎゅっと摑《つか》む。

「おやすみ」

手足が、胴が、順番に塵芥となって、苦しみも争いもない場所へと昇っていく。

頰《ほお》にちらちらと寒いものが触れ、転生術の塵芥はこんなに冷たいのかと思ったら、雪が降り始めていた。静かに落ちる細雪《ささめゆき》が、昇っていく砂塵と行《ゆ》き交《か》って、下から見上げると、黒の紗幕《しゃまく》に金銀の砂子《すなご》を蒔《ま》いたようだった。巴《ともえ》を宿《やど》したサスケの目には、全《すべ》てが見えている。薄氷のような結晶のひとひらが、月明かりを映して虹色に輝く様子も。

サクラにアッパーを食らわされた肉食獣は、解術の摂理《せつり》に抗おうと、しぶとく暴れていた。すでにその身体は半分以上消えているが、肉食獣の目は、諦《あきら》めてはいない。長い尾で突っ張って、無理やり身体を起こすと、

タン！

片足で果敢に地面を蹴り、ジジに飛びかかった。支配されたことへの仕返しか、それとも、ただ単に本能で捕食対象と見なしたのだろうか。転生術を解いて油断していたジジの反応は、完全に出遅れた。

鮮血が噴《ふ》き上《あ》がる。

湾曲した爪はジジの胸を深くえぐり、その先端は喉元に深々と刺さっていた。

「ジジ！」

最期《さいご》の復讐《ふくしゅう》を果たした肉食獣は、返り血をぼたぼたと浴びて、空気に溶けた。

「しっかりして！」

サクラは駆け寄って、チャクラ糸の拘束を解いた。ふらりと後ろに倒れたジジの身体を、サスケが支える。

傷口に手を添えようとしたサクラの手を、血まみれになったジジの手が摑んだ。

「治療は……しなくて、いい……」

「だめ！」

摑まれたジジの手をはねのけ、サクラはチャクラを送り込んだ。

「だって、マーゴに会うんでしょ!?　せっかく、生きてるってわかったのに……！」

「これだけの……ことを、しておいて……」

視界が暗くなっていく。

「……もう、合わせる顔が、ないよ……それより……ほかの連中を……」

血だまりが喉に詰まり、咳《せ》き込《こ》む気力もなくて、それ以上は音にならなかった。水の中にいるみたいに、音がたわんで聞こえる。ずぶずぶと重くなっていく身体に逆らわず、ジジは目を閉じた。

結局一人で死ぬんだと思ったら、なんだか笑えてきた。

オレは、マーゴが死んだって聞かされたとき、死ぬほど後悔した。マーゴを一人残してきたこと。ずっと一緒にいなかったこと。マーゴが死んだのは、自分がそばにいて守ってやらなかったせいだと思った。

でも、そんなのは、ただの思い上がりだ。

どこか遠くの方で、サクラが、そしてサスケが、自分を呼ぶ声がする。

二人のことが、うらやましくてうらやましくて仕方ない。もしも自分に、彼らみたいな強さがあったら、きっと、こんなことにはならなかっただろう。近くにないものを、目に見えないものを、信じることができていたら。

今さら後悔したって、もう遅いのにな。

真っ暗になった視界の底で、マーゴが呼ぶ声がする。

終章 *epilogue*

慰霊碑《いれいひ》に青い雛罌粟《ひなげし》の花束を添え、新王ナナラは指先をそろえて両手を合わせた。

磨かれた御影石《みかげいし》に掘り込まれたのは、六十二人の囚人の名前。去年、この地で起きた事件に巻き込まれて死んだ者たちだ。

かつての天文学研究所は、今や見る影もなかった。建物は、古代の文献や高価な天文観測器具もろとも崩壊《ほうかい》し、瓦礫《がれき》はいまだそのまま放置されている。

合掌《がっしょう》を崩し、ナナラは二人の従者の方を振り返った。

「姉上は？」

「北方の視察を終えられて、明日《あす》にはここに到着されるかと」

栗色の髪の従者――マーゴの答えを聞いて、ナナラは「そうか」とうなずいた。

「つい首都や薙苓《ナガレ》のことばかり目について、ここの再建はすっかり後回しになってしまった。天文学は、烈陀《レダク》国の大切な学問なのにな。天体だけじゃなくて、化石の発掘もちゃんとできるように、整備し直さないと。……古生物学の研究施設も併設したいって言ったら、姉上、怒るかな？」

「怒るかもしれませんね。そんな財源、どこにあると思ってるの？　税収の使い道はもっと慎重《しんちょう》に考えなきゃ！　って」

マーゴがマナリの口調を真似《まね》て言うと、隣にいたもう一人の従者が声をあげて笑った。

マーゴがニヤッとして続ける。

「でも、怒られてもいいから、提案してみましょうよ」

「そうだな。マーゴの言う通りだ！」

元気よくうなずくと、ナナラは木陰《こかげ》で休ませていた馬のもとへと駆け寄った。鐙《あぶみ》に足をかけてひらりと背に飛び乗り、二人の従者たちの方を振り返る。一人は、自分のことをずっと助けてくれた世話役の女性。そしてもう一人は、このあたりの地理を案内させるために特例で連れ出した、永久服役予定の模範囚だ。

「次は湖を見に行くぞ。早く来い、マーゴ！　ジジ！」

◆

旧市街の『たみ和菓子店』に併設された、人気の和カフェ。

日当たりのいいオープンテラスの席で、サクラは、いのと待ち合わせた。

お互い仕事に家事にと忙しい日々だが、それでも月に数回は、こうして時間を合わせてお茶をする。子供たちのことやお互いの仕事のこと、夫のこと——親友同士、話したいこともも聞きたいこともたくさんあった。

「この間、いのじんの髪をコテで巻いて遊んでたんだけどさあ」

「え、いのじん嫌がったでしょ」

「嫌がったけど、半分ムリヤリね。でも、あの子ってばサイに似て直毛ストレートじゃない？　せっかくスタイリングしてあげたのに、すぐ元に戻っちゃってさ」

「へー。寝癖もつかないなら、ちょっとうらやましいかも。あ、寝癖っていえばさ、テマリから聞いたんだけどシカマルの寝癖すっごいらしいね！」

「知ってる知ってる、任務で何度も見たよ。まじヤマアラシ」

三色だんごとアンコをトッピングした新作あんみつクレープを賞味しつつ、とりとめもない話題をわちゃわちゃ話していると、いのがふいに「あ」と顔を横に向けた。

「サスケくんだ」

火影《ほかげ》室へ寄った帰りだろうか。手ぶらで歩いているだけだが、なにしろ顔も姿勢もスタイルもいいので、どこにいてもよく目立つ。背筋《せすじ》の伸びた背中を見送っていると、サクラがいきなりテーブルに突っ伏してうめいた。

「サスケくん、やっぱかっっっっっこいい……」

「え、今さら？」

いのが、呆《あき》れた視線を向ける。「いや、確かにサスケくんは、昔と変わらずかっこいいけど。あんた、サスケくんと結婚して何年経つのよ。いまだにそんなことをしみじみ実感しちゃう？」

「だって……」

「大体、昨日《きのう》まで二人で長期任務に就《つ》いてたんじゃないの？」

「そうだけど、任務中はサスケくんに見とれてる場合じゃないっていうか……忍《しのび》としてのスイッチが入ってるからいちいちボーッとなったりはしないんだけど、里に戻ってきたらなんかこう……新鮮な気持ちになっちゃって……」

「はいはい、そーですか〜。ごちそーさまです」

わざとからかうように言い、チョコソースのかかったクレープ生地をナイフで切りながら、いのはニヤリと身を乗り出した。

「ね、それよりさ。アクセサリーつけてるなんて、珍しいじゃん。その指輪、どうしたの？」

「ああ、これ？」

サクラは薬指に視線を落とした。小さな赤い宝石を改めて眺《なが》め、ふふっと微笑《ほほえ》む。その笑顔を見て、いのは「よかったね」と目を細めた。

厳密に言うと、いわゆるプレゼントではないかもしれない。でも、この指輪は、今やサクラの宝物になりつつあった。

サスケが土遁《どとん》の成分をコントロールして作ったこの指輪には、サスケのチャクラが混じっている。瓦礫の下敷《したじ》きになって身動きが取れずにいたサクラを、サスケが見つけることができたのは、この指輪のおかげだった。指輪に混じったごく微量のチャクラを写輪眼《しゃりんがん》で探ることで、サスケはサクラの居場所を探り当ててくれたのだ。

この指輪は、命の恩人だ。

……だけど、やっぱり、仕事するには邪魔かな。

いのと別れた帰り道、サクラは苦笑《にがわら》いして指輪を外《はず》し、ポケットにしまい込んだ。

いつか、私がおばあちゃんになる頃には、きっと仕事を引退してヒマになってるだろうから、そしたら、つけようか。

それまでこの指輪は大切にしまっておこう。そう決めて、サクラはポケットの上から、そっと指輪を撫《な》でた。

おじいちゃんになったサスケくんは、この指輪のこと、ちゃんと覚えていてくれるかな？

その日の夕食は、サラダが一人で作ってくれた。

買い物袋をぶら下げて帰ってきたサラダが、

「今日はあたしが一人で全部作るから！」

と、突然、はりきって宣言したのだ。イルカの家にホームステイしていた間に、すっかり料理にハマったらしい。

「イルカ先生と色々作って、料理の腕、けっこー上がったと思うんだ〜」

夕方、うちは家の食卓には、三人ではとても食べきれないほどの品数が並んだ。

メインは牛肉のすき焼き風炒《いた》め、トマト入り。それから副菜に、根菜の煮物、卯《う》の花《はな》とトマトのサラダ、茹《ゆ》でブロッコリー、卵焼き。そして塩焼きにした秋刀魚《さんま》の切り身。茶碗《ちゃわん》にきれいに盛られたおかかご飯には、鶏《とり》そぼろの餡《あん》をからめて炒めたカボチャがのっている。

色々なおかずがちょっとずつ食べられる、サラダ渾身《こんしん》のメニューだ。

「すごい、手が込んでるー！　パパの好物、たくさん入れてくれたのね！」

「ん、まぁ……たまたま、偶然ね。トマトが安かったから」

偶然と言うわりには、サスケの皿に盛られた分だけトマトが多い。

うちは家全員で久しぶりに食卓を囲《かこ》み、いただきますと手を合わせる。サスケが特に味にコメントしないままもくもくと食べ続けるので、サクラはテーブルの下でサスケの足首をそっと蹴《け》った。

「ん」

顔を上げたサスケは、サクラの視線を受けてしばし無言で固まり、やっと気がついて、

「うまい」

と、ごくシンプルな感想を述べた。

「え、ほんと？」

「あぁ。……うまい。とても」

相変わらず、サクラの夫にはボキャブラリーが少ない。でもちゃんと伝わっているはずだ。「もう。別に私が作ったからって気を遣《つか》わなくていいから」とかなんとか口では言いつつも、サラダはとても嬉《うれ》しそうだから。

しばらく食卓を囲んでいると、ピンポーン、と玄関の呼び鈴が鳴った。

「あ、私が出るわ」

サクラは、腰を上げようとしたサスケを手で制して、玄関へと向かった。

扉を開けると、シカマルが、分厚《ぶあつ》いファイルを脇に抱《かか》えて立っている。

「夕食時に悪《わり》ぃな」

「ううん。急ぎでしょ？」

「あぁ。……サラダの声、嬉しそうだな」

シカマルは、廊下の奥にちらりと目線をやって言った。

「サラダだけじゃなくて、サスケくんも嬉しそうだよ。家族三人そろうの、久しぶりだから」

サスケもかよ、と気味悪そうに眉をしかめ、シカマルはファイルをサクラに差し出した。

「賢学院《けんがくいん》から、極粒子《きよくりゆうし》の解析結果についての中間報告だ。一応、渡しとくよ」

「ありがとう」

サクラはお礼を言ってファイルを受け取った。

ザンスールの企《たくら》みは阻止したものの、引っかかることはまだまだある。天体絵図の記述にあった〈星が増えた〉という言葉と、木ノ葉《こは》のマーク。〈離れず巡《めぐ》る星〉の意味と、ザンスールが義眼で視力を得ていた方法。いずれも、六道仙人《りくどうせんにん》の病《やまい》とは無関係かもしれないが、どんな小さな情報でも集めておきたかった。立ち向かう対象が未知数である以上は。

「ナルトの調子はどう？」

サクラが聞くと、シカマルは小さく首を振った。

「よくねえな。休めってさんざ言ってんのに毎日火影室に出てくるし、わざと仕事減らしても、自分で新しい仕事見つけてくるし」

「忙しくしていた方が、気がまぎれていいかも。安静にしてたからって、よくなるものでもなさそうだし」

「そうだな」

話しながら、シカマルは、廊下の奥の方へチラチラと視線を送っている。サラダが来ないか気にしているのだ。

子供たちを不安にさせない。事情は外に漏《も》らさない。それが、ナルトの出した条件だった。――シカマルたちがナルトを助けようとすることを、ナルト自身に無理やり了承させたときに。

「賢学院に解析を急がせるよ」

そう言って、はあ、とシカマルは大きなため息を吐いた。

今回の事態は、めんどくせーなんてセリフを吐くのすら面倒くさいほど、面倒だ。

「このままの状況が続けば、ナルトは一生、チャクラが使えなくなる。……そんな事態には、絶対させせねえからな」

NARUTO-ナルト-

サスケ烈伝 うちはの末裔と天球の星屑

2019年8月7日　第1刷発行
2022年12月26日　第7刷発行

著者　岸本斉史◎江坂　純
装丁　高橋健二（テラエンジン）
編集協力　添田洋平（つばめプロダクション）　長澤國雄
編集人　千葉佳余
発行者　瓶子吉久
発行所　株式会社　集英社
〒101-8050　東京都千代田区一ツ橋2-5-10
TEL　03-3230-6297（編集部）
03-3230-6080（読者係）
03-3230-6393（販売部・書店専用）
印刷所　共同印刷株式会社

Printed in Japan
ISBN978-4-08-703481-3 C0293
検印廃止

本書は書き下ろしです。